Der Gast, der mit der Fähre kam

SVEN ELVESTAD

Der Gast, der mit der Fähre kam, S. Elvestad
Jazzybee Verlag Jürgen Beck
86450 Altenmünster, Loschberg 9
Deutschland

ISBN: 9783849697754

Cover Design: © Eky Chan - Fotolia.com

Druck: Createspace, North Charleston, SC, USA

INHALT:

I. DAS FÄHRHAUS

Es begann spät zu werden, und man erwartete eigentlich nichts mehr von dem Abend. Die Stimmen klangen zerstreut und hatten einen Ton von Müdigkeit, die Gespräche waren jetzt schon mehrere Stunden zwischen den dicken Eichenwänden polternd hin und her gegangen, man hatte sich vielleicht nicht mehr viel zu sagen. Die Gewichte der Schlaguhr surrten, und es schlug elf. Das war viel für diese Leute, deren Tag um fünf Uhr früh in der Dunkelheit begann. Alle lauschten den Schlägen, und nun starrten sie sich gegenseitig prüfend an.

Der Tabakrauch hing schwer in dem großen Raum. Von der Paraffinlampe an der Decke, die unter einem großen, grünlackierten Blechschirm brannte, rieselte das Licht in die rauchgeschwängerte Luft und bildete Streifen wie der Scheinwerfer auf dem Meere. Bis in die entferntesten Ecken der Stube konnte das Licht nicht dringen, die lagen im Dunkel da, aber man gewahrte undeutlich die Umrisse schwerer, altväterischen Hausrats.

Gerade unter der Lampe stand der Tisch; er wurde der Admiralstisch genannt, denn in längst entschwundenen Tagen hatte er einem alten Seehelden gehört. Es war ein mächtiger Tisch, mehrere Zoll dick, aus einem Stück gezimmert. Rings um die vier Tischbeine ging eine Holzleiste, seit Jahrhunderten von Stiefelsohlen abgescheuert; der Tisch, der durch all die Zeiten so manchen schweren Rausch mit Faustschlägen und Krakeel mitgemacht hatte, ließ sich in seiner Schwere fast nicht von der Stelle rücken. Rings um diesen Tisch saßen die Gäste des Fährhauses an diesem Abend wie an so manchem Abend zuvor, erhitzt vom Trinken, einzelne schon vor Schläfrigkeit einnickend, andere mit fieberhaft glänzenden Augen, andere wieder stumm, in ihrem Rausch still brütend, beobachtend.

Auf dem Tisch stand eine Anzahl Flaschen und Gläser, es war ein Festabend gewesen, aber von wirklich Festlichem war wenig zu verspüren; die Worte, die nun gesprochen wurden, knorrige, unwillige Worte, die gereizte, feindselige Antworten bekamen, waren Ausläufer eines langen Zwistes, der allmählich verebbt war, aber den man weiterzuspinnen suchte, indem sich der eine an jedes Wort des anderen hängte, es verdrehte und ihm eine böswillige Bedeutung unterlegte.

1

Es war etwas Gejagtes, Ungeduldiges über diesem Beisammensein, je weiter die Nacht vorrückte, und es war jedem klar, daß auch dieser Abend zu Ende gehen würde, ohne daß etwas Besonderes sich ereignete, weder etwas Fröhliches noch eine Rauferei – es würde nur jeder mit dieser ewigen Stichelei zwischen Menschen enden, die sich zu gut kannten. Alle hier kannten einander so gut, daß sie sich genierten, als wenn sie einander fremd gewesen wären. Das Gespräch konnte lange Minuten stocken, und in der Stille war es, als säße jeder einzelne da und dächte an seine Nachbarn und wüßte alles von ihnen, alles Böse. Das waren Augenblicke von einer gewissermaßen unterseeischen Stille. Die Gesichter der Männer waren nur undeutlich von dem Schein der Öllampe beleuchtet, der Tabaksrauch trieb in langsamen Schwaden dahin und verschleierte ihre Züge. Die um den Tisch saßen, waren fast lauter ältere Leute, so um die Fünfzig herum, wettergebräunte, scharfmarkierte Gesichter, wie sie für die Seeleute und die Küstenbevölkerung charakteristisch sind, eine Art Hornhaut über den Backenknochen, harte rauhe Fäuste mit gleichsam ewig steifgefrorenen Fingern, Haar und Bart farblos und struppig, dabei trocken wie Stroh.

Auf einer Bank an der Längswand saß einiges junges Volk, plaudernd, die Arme auf den Knien und den Oberkörper auf die Arme geduckt. Einer von ihnen, ein Junge von neunzehn Jahren, hatte jenes unwahrscheinlich helle Haar, das man unter den blauäugigen Menschen in den Schären finden kann, ganz weiß, schaumweiß, nordisch und alt im Norden wie das Abenteuer. Das war Sigvard, der Ruderknecht der Fähre.

Wenn an dem großen Tisch mit lauter Stimme noch zu trinken verlangt wurde, trat eine helle Gestalt über die Schwelle. Die Tür in den Flur stand offen, und dort draußen konnte man beim Schein einer vernebelten Stallaterne die breite Treppe mit dem aus dicken Planken ausgeschnittenen, geteerten Geländer sehen. In dem geräumigen Gang waren auch Bierfässer aufgestellt, und von den Wandbrettern funkelte es dunkel von staubigen Flaschen und alten Kupfergefäßen.

Das alte Fährhaus hatte ein schwermütiges Gepräge des Alters von Jahrhunderten, es lag schon seit Menschenaltern so ohne jegliche Veränderungen da; es war bis in die innersten Winkel von einem sonderbaren herben Geruch durchsäuert, einem scharfen Gemisch von schmutzigem Flußwasser, Bierdunst und Teer.

Eine ganze Welt für sich, abgeschieden und eigenartig, war dieses dunkle alte Haus. Wenn alles geschlossen war, drang kein Laut von draußen durch die dicken Planken; aber wenn die Doppeltür nach dem Flußufer geöffnet wurde, hörte man das Tosen des Flusses, der vorbeiströmte – des großen Flusses, der sich hier in das Meer stürzte, ein Tosen, das mit den Jahreszeiten wechselte, je nachdem die Wassermenge größer oder geringer war, aber nie sein eintöniges Rauschen verlor.

Aus dem Flur in die Stube kam die helle Gestalt, ein junges Mädchen mit einer blauen Schürze, die den ganzen Körper umspannte, die Arme voll Bierkrüge, die sie einen nach dem andern auf den Tisch vor die Gäste hinstellte. Das war *Ann-Mari*. Es war ein gewinnender Ausdruck in ihrem Gesicht, die Ahnung eines Lächelns, doch von jenem stillen bewußten Ernst unterdrückt, den ganz junge und unterjochte Wesen in der Gegenwart Älterer annehmen, und der ein Geheimnis zu bedeuten scheint, mag es nun kindliches Wissen um ein verborgenes Glück sein, religiöse Ergriffenheit oder eine heimliche Liebe – die Strenge dieses Ernstes ist immer von der leuchtenden Unschuld der Jugend gleichsam durchsichtig. Wenn sie hereinkam, hob der Weißblonde drüben auf der Bank immer den Kopf, aber sie ging wieder, ohne hinzusehen. Sie hielt sich draußen im Flur auf, aber sie war nicht allein dort, von Zeit zu Zeit glitt eine andere Gestalt in dem Laternenschein vor, wie ein großer krummer Schatten anzusehen.

Die Männer tranken einander in der Weise zu, daß sie die Krüge fest auf die Tischplatte stießen und wieder aufhoben. Einer von ihnen trank bis zur Neige und erhob sich dann. Er ging zu einer der kleinen Fensterluken hin, die aus der Wand ausgeschnitten und mit braunen leinenen Gardinen bedeckt waren. Er sah nach dem Wetter, einzelne folgten ihm mit den Blicken und lächelten halb verdrießlich, halb höhnisch, als wüßten sie, was er im Sinn hatte.

»Willst du schon gehen, Segelmacher?« fragte einer von ihnen.

Segelmacher Jan wandte sich um und lehnte sich an den Türpfosten. Er hatte einen großen struppigen Bart, der, wenn er sprach, fast ganz den Mund verdeckte, seine asthmatische Summe klang sehr undeutlich. Sein Kopf war unnatürlich schwer für den schmächtigen Körper, und daß er ihn zur Brust hinabgebeugt hielt, gab ihm etwas Heimtückisches. Wenn er vor sich hinsah, wurde ein Streifen des weißen Augapfels unter den Pupillen sichtbar, was seinen Augen einen schielenden Blick gab. Er antwortete nicht direkt auf die Frage. »Wir kriegen morgen gutes Wetter, denk ich,« sagte er, »eine feine Brise von Südost.«

»Wie kannst du das sehen, Segelmacher?« fragte einer am Tisch, »der Himmel ist ja pechschwarz, und kein Mondstrahl dringt durch die Wolken.«

»Ich weiß es«, erwiderte der Segelmacher. »Ich erinnere mich noch ganz genau, so war es auch an jenem Abend vor zwanzig Jahren. Zwanzig Jahre ist es jetzt her«, wiederholte er und steuerte wieder auf den Trinktisch zu.

Drüben kicherte einer. Das war der Schuster Julius, ein kleiner dünner Kerl, der zwischen zwei breiten Fischern beinahe verschwand. Er hatte jenes Fadenscheinige in seiner Erscheinung, das Leuten seines Berufs in sehr engen Gemeinwesen eigen zu sein pflegt; sein Gesicht war fahlgrau, so als hätte er sich nie ordentlich reingewaschen, sein Bart hing zerfranst herab.

Der Schuhmacher entdeckte, daß die anderen anerkennend lachten, und da sagte er:

»Darum meinst du vielleicht, daß etwas passieren muß, Segelmacher, weil es zwanzig Jahre her ist. Ich sehe dich noch, wie du an demselben Abend vor zehn Jahren warst. Da hast du dich auch herumgedrückt und nachdenklich das Wetter angeguckt und zu prophezeien angefangen – du feierst da so eine Art Jubiläum.«

»Der Segelmacher glaubt an Wunder«, bemerkte ein anderer.

Und nun kam es von einem nach dem andern vom Tisch her:

»Er glaubt an die Worte der Schrift: Du sollst nicht zweifeln.«

»Aber das Abenteuer ist vorbei.«

»Er ist eigentlich glücklich, der Segelmacher, denn er hat die Hoffnung nicht aufgegeben. Er und sie dort draußen – die Hexe.«

Der Sprechende wies mit einer Geste in den dunklen Flur. Vielleicht hatte jemand draußen die Bemerkung gehört, denn für einen Augenblick blieb der krumme, drohende Schatten lauschend stehen. Da wurde es ganz still in der Schankstube, aber dann glitt der Schatten wieder in das Dunkel zurück, und das seltsame Gespräch ging weiter, diese stechenden, feindseligen Worte, die ein Geheimnis verrieten, das alle kannten:

»Nicht einmal die Pfaffen gaben noch Hoffnung, weder der alte, der fort ist, noch der neue, der kam.«

4

»Nein, das ist, weiß Gott, wahr. Es wird immer nur öder und hoffnungsloser hier um das Fährhaus.«

»Wir sterben auch einer nach dem andern, wir sind unser nicht mehr viele.«

»Aber wir, die wir noch da sind, wir warten alle«, meinte der Segelmacher. Sein unheimlicher Blick bekam einen eigenen, triumphierenden Glanz:

»Ich weiß es,« fuhr er fort, »ihr tut nur so, als ob ihr nicht mehr glauben würdet. Aber keiner hat die Hoffnung ganz aufgegeben, das ist die Wahrheit, denn keiner hier von uns weiß etwas. Nichts wissen wir. Ihr hört mich alle gern so reden, wie ich rede, denn es tut euch wohl, mir zu widersprechen, es liegt auch im Widerspruch eine Art Trost, weil er einen ganz kleinen Zweifel oder eine ganz kleine Hoffnung offenläßt, wie ihr wollt. Und mit mir ist es auch anders als mit euch. Ich habe meine Segelwerkstatt.«

»Die Dunkelkammer ...«, brummte einer.

»Die Dunkelkammer, ja«, erwiderte der Segelmacher bitter. »Das ist schon richtig, daß es dort drinnen immer dunkler und dunkler wird. Auf den Fenstern liegt jahrzehntealter Staub, von einem Jahr zum andern kann ich merken, wie das Licht abnimmt und sie immer blinder werden. Ist mir recht so, es liegt etwas so Menschliches darin. Es ist etwas von meinem eigenen Leben in dieser Werkstatt, so senken die Jahre auch ihr Dunkel über mich. Aber wenn ich hineinkomme, so habe ich die Erinnerungen an das Vergangene viel deutlicher um mich, als ihr andern sie haben könnt. Das liegt an der alten Luft dort drinnen, am Halbdunkel und dann an dem Geruch von Segeltuch und Takelwerk und Teer. Wenn ich dort drinnen stehe und Atem schöpfe, ist es mir, als wenn ich die Brigg wieder aus dem Sunde gehen sähe, wie vor zwanzig Jahren, wißt ihr nicht mehr, wie sie in der Südostbrise duftete, frisch geteert und fein? Wenn ich diesen Duft wieder spüre, da wird die Hoffnung wieder lebendig, ich glaube, ich ahne die Brigg irgendwo weit draußen auf dem Meer, weit, weit weg unter einem anderen Himmel – aber noch da.«

Der Segelmacher hatte die Stimme zu einem heiseren Röcheln gesenkt, und es wurde merkwürdig still in der Stube. Die Leute wetzten unwillig auf den Stühlen, als erbitterte es sie, daß man ihnen diese Erinnerung aufdrängte. Plötzlich trat eine Erscheinung aus dem Flur, es war der krumme Schatten, der nun in der Gestalt eines alten Weibes auflebte, gebückt, mit einem zigeunerhaft dunklen, scharfgeschnittenen Gesicht, das war die Herbergsmutter *Kaisa*. Sie war in grobes, bauerngewebtes Zeug gekleidet, und an den Füßen hatte sie Männerröhrenstiefel. Aber über dem dunklen Leibchen funkelte eine dicke Halskette aus Gold, an ihren gekrümmten Fingern und in den Ohren leuchteten Ringe. Sie blieb einen Augenblick stehen und nickte dem Segelmacher zu, dabei lächelte sie vielsagend. Dann sagte sie mit geheimnisvoller Betonung:

»Ich habe deine Worte gehört, Segelmacher. Ich weiß auch, was ich weiß.«

Plötzlich wandte sie sich an die andern am Admiralstisch, und mit harter, gebieterischer Stimme sagte sie kurz:

»Man ruft.«

Sigvard erhob sich sofort.

Ein anderer öffnete die große Tür nach dem Fluß zu. Das Brausen des strömenden Wassers drang abgeschwächt in die Stube, und der Luftzug stieß eine Rußsäule aus der Lampe. Alle horchten.

Durch das Brausen hörte man aus weiter Ferne von der anderen Seite des Flusses eine rufende Stimme:

»Hol über ... hol über!«

Der junge Sigvard ging rasch auf die Tür zu.

»Ich nehme das Boot«, sagte er.

II. DIE »GLÜCKSPROBE«

Von einem Haken neben der Tür nahm Sigvard seine Mütze, eine runde Winterhaube aus Schafspelz, er wand auch eine wollene Schärpe um den Hals, es war noch Vorfrühling, und an den kalten Flußufern blieb der Frost lange in der Luft hängen. Dann ging er durch die breite Doppeltür hinaus. Die Herbergsmutter Kaisa blieb stehen und sah ihm nach. Eine Weile blieb es still rings um den großen Tisch, man konnte Sigvards Schritte die Holzstufen hinunter hören, die zu einer Brücke führten. Kaisa bog ihren mageren Kopf vor und starrte in die Dunkelheit, sie war wie ein ungeheurer Rabe, der auslugt. Es gab nichts anderes zu sehen, als eine baumelnde angezündete Laterne unten auf der Brücke. Da machte Sigvard das Boot klar. Kaisa schloß die schwere Tür wieder zu.

Während sie noch damit beschäftigt war, kam noch jemand in das Schankzimmer. Es war eine Frau. Sie kam aus dem Treppenhaus, und sie bewegte sich in einer ganz merkwürdigen, lautlosen, gleitenden Art durch das Zimmer. Sie hatte eine Art Filzpantoffeln an den Füßen, so daß ihre Schritte nicht zu hören waren. Ihr Erscheinen erregte keine sonderliche Aufmerksamkeit bei den in der Stube Sitzenden. Nur der Segelmacher sagte halblaut:

»Da kommt Signe von den Schären zurück.«

Dann nickte er ihr zu und grüßte:

»Guten Abend, Signe.«

Sie erwiderte nichts, sie sah ihn nicht einmal an, sie glitt durch das Zimmer zum Fenster hin, wo sie versuchte, durch die Zipfel der gemusterten Gardine irgend etwas dort draußen zu sehen, und obgleich das Fenster hinter der Gardine ganz dunkel lag, starrte sie doch lange in die Finsternis. Über ihrem hoffnungslosen Beginnen lag etwas so Eifriges und Zielbewußtes, als sei sie in einer bestimmten Absicht gekommen, die sie allein anging und niemand anderen. Daß ihr Erscheinen an dieser Stelle nichts Ungewöhnliches war, konnte man an der Gleichgültigkeit der Leute merken. Eher wurde sie mit Abneigung empfangen, insoweit ein verstocktes Schweigen Abneigung ausdrücken kann.

Sie mochte etwa vierzig Jahre alt sein, vielleicht war sie jünger, aber irgend etwas Abgerackertes in Gesicht und Gestalt gab ihr dieses Alter; sie war ziemlich blaß, ihr Haar war glatt von den

Schläfen zurückgestrichen und ihre Kleidung sehr ärmlich, die Ärmel zu kurz, so daß die mageren Hände weit hervorragten. Als sie eine Zeitlang durch das schwarze Fensterglas gestarrt hatte, glitt sie wieder in die Stube zurück. Einen Augenblick blieb sie an der Tür zum Flur stehen und stützte das Kinn in die lange Hand, vollständig versunken in Nachdenken, in ein stummes, ratloses Nachdenken, dann ging sie in den dunklen Flur hinaus – dies war *Signe*, wie der Segelmacher sie genannt hatte –, und sie war Ann-Maris Mutter.

Doch *eine* Person hatte ihre seltsame Wanderung durch das Schankzimmer mit einer gewissen Aufmerksamkeit verfolgt, das war Kaisa. Aber nicht aus Interesse, sondern mehr aus Ärger. Die alte Hexe stieß hie und da ein verächtliches Schnauben aus, sie bewegte ihren Kopf mit den baumelnden Ohrgehängen im Takt zu Signes Wanderung, wie um zu markieren, wie widerwärtig ihr deren ganze Erscheinung war, und als Signe in den Flur verschwand, schlug die Alte eine harte Lache auf.

Einer der Männer am Tisch bemerkte:

»Es ist sonderbar, daß sie nie etwas redet, dabei geht sie immer herum wie vollgepfropft mit Neuigkeiten.«

Ein anderer erwiderte:

»Das ist, weil sie um diese Jahreszeit immer ihre Ahnungen hat. Sie kommt jetzt sicher wieder von den Schären zurück, wo sie nach Laternenschein auf dem Meer ausgelugt hat. Sie leidet an derselben Krankheit wie die Hexe Kaisa dort drinnen und der Segelmacher – sie hofft noch.«

Ein Dritter wendete ein:

»Aber ich finde mich trotz alledem mit Signe besser zurecht, weil ...«

Er sprach den Satz nicht zu Ende, sondern machte eine bezeichnende Bewegung nach der Stirn.

»Sie ist nicht recht klug, jawohl,« flüsterte der Schuster mit seiner heiseren Stimme. Er fügte hinzu:»Als ob das die Sache besser machte. Man sollte sie hier nicht so herumlaufen lassen, sie hat so etwas Verstimmendes an sich, sie ist wie einer dieser grauen Nebelvögel, die im Herbst draußen auf den Schären sitzen.«

Einer der Ältesten im Kreise, einer, der bisher stumm dagesessen und an seiner Pfeife gekaut hatte, erhob sich jetzt; es war der Lotsenälteste, eine feste, breitschultrige Gestalt, deren sanfte, ganz hellblaue Augen so wundersam kindlich in dem braungebrannten, von einem roten Bart überwucherten Gesicht glänzten. Er war sicher über die Siebzig, aber gesund und knorrig wie ein Eichenstamm. Alle sahen ihn erstaunt an. Man war es nicht gewohnt, Leute aufstehen und wie in einer Versammlung auftreten zu sehen, ein paar der Jüngeren unterdrückten ein Kichern. Der Lotsenälteste stand da und sog an seiner Pfeife; als er die Munterkeit der anderen bemerkte, zuckten ein paar rasche, weiße Blitze durch das Blau seiner Augen, dann begann er leise, so leise, daß er unwillkürlich Aufmerksamkeit erzwang, und alle verstummten und lauschten.

»Du fragtest mich vorhin, Segelmacher, warum ich heute abend so still dasitze und gar nichts rede. Ich dachte nach, denn ich war mit dem Vorsatz hergekommen, ein ernstes Wort mit euch Männern zu sprechen, und ich wußte nicht recht, wie ich die Sache anpacken sollte. Es fällt so schwer, offen von dem zu sprechen, was uns alle im tiefsten Innern bewegt. Aber ich glaube, es tut jetzt not. Ich habe länger hier im Fährdorf gelebt als einer von euch anderen, ich kann mich an den kleinen Ort mehr als ein halbes Jahrhundert erinnern, und ich kann es nicht anders sagen, wir waren damals glücklicher, viel glücklicher, sowohl die, die in den armseligsten kleinen Hütten wohnten, wie jene, die es reichlicher hatten. Damals war hier Zusammenhalt, gute Kameradschaft, alle freuten sich daran, den Ort wachsen zu sehen, auch an der Arbeit selbst hatte man seine Freude. Und damals gab es Barmherzigkeit unter den Menschen. Ich weiß noch, wenn es einem von uns schlecht ging oder wenn das Unglück eine Familie heimsuchte, dann waren alle bereit, zu helfen und zu trösten und es mit tausend Freuden zu tun. Überhaupt hatten alle einen frohen Glauben an die Arbeit und die Zukunft, die Verhältnisse waren freilich äußerst bescheiden, aber da jeder in enger Zusammengehörigkeit mit seinem eigenen Beruf lebte, herrschte durchgehends Zufriedenheit und vor allem ein starker, unerschütterlicher Zukunftsglaube. Ja, ja, dieser felsenfeste Glaube an die Zukunft ... Ist es vielleicht nicht wahr, was ich sage? Die meisten von euch werden sich daran erinnern.«

Alle zögerten mit der Antwort. Sie rückten unruhig auf den Stühlen und starrten da und dort hin, doch keiner sah den anderen an. Aber die allgemeine Verlegenheit löste ein so heftiges Paffen an den Pfeifen aus, daß neue Ströme von gelblich-weißem Rauch sich durch die Luft zu schlängeln begannen, sie bildeten Wellenlinien und mächtige Figuren, zerstreuten sich zu hängenden Schleiern, die unter den Strahlen der Petroleumlampe in vielerlei Farben schillerten.

In diesem Rauchschleier erschien plötzlich Ann-Mari wieder, die Arme voll frischgefüllter Bierkrüge. Vielleicht war es der Schein der verräucherten Luft, der eine ungewöhnliche Farbe über ihr junges Gesicht breitete, eine lodernde Rosafarbe, eine Zornesröte; ihre Augen blickten den Schuhmacher mit jenem offenen, seltsamen Blick an, der gekränkten Kindern eigen ist. Ann-Mari war ja die Tochter der närrischen Signe, und sie hatte durch die offene Tür die bösen Worte des Schusters über ihre Mutter gehört. Der Schuhmacher merkte den Vorwurf, aber er brummte nur:»Na, Kleine? Was willst du denn?« und wandte sich ab. Ann-Mari ging mit den leeren Krügen hinaus.

Man konnte sehen, daß der Lotsenälteste kämpfte, um seine Ruhe zu bewahren. Er trank den großen Krug nachdenklich halb leer, und dann fuhr er in demselben langsamen Tempo wie früher fort:

»Dann kam der Plan mit der ›Glücksprobe‹, der Brigg, die flotter sein sollte als irgendein anderes Schiff an der Küste. Vielleicht liegt eine Vermessenheit in einem solchen Gedanken, aber daß dieses herrliche Schiff von den Leuten rings um das Fährhaus gebaut und bemannt wurde und von keinen anderen, das war doch jedenfalls ein Zeichen des Zusammenhaltes und des Geistes, der unter uns herrschte. Jeder von uns brachte sein Bestes dar. Der Segelmacher dort drüben denkt heute noch an das feine Takelwerk, und auch der Zimmermann, der Schmied, der Schiffsbauer und all die anderen können ihre Arbeit nicht vergessen. Wir steckten alles in die Brigg, unsere Arbeit und alle unsere Sparpfennige. Und noch mehr, wir gaben unsere beste Jugend an Bord. Als dann das Schiff an jenem Tage vor zwanzig Jahren aus dem Sunde fuhr, da segelte es mit unserem Glauben an Bord. All unsere Hoffnung blieb zurück. Das Schiff kam nie wieder, wir sollten es nicht mehr sehen. Das letzte, was wir von ihm sahen, waren die Wimpel am Horizont, und dann nichts mehr. Aber die Hoffnung blieb zurück. Und diese Hoffnung und unsere Träume von dem verschwundenen Schiff haben uns allen hier den Mut genommen, und im Laufe dieser zwanzig Jahre haben sie Elend über den ganzen Ort gebracht. Ja, so ist es, Kameraden, der Mut ist euch gebrochen – ihr habt alles hingegeben und immer gewartet, daß ihr es zurückbekommt. Aber in dieser Sehnsucht kann keine Arbeitsfreude aufkommen. Mißmut, Bosheit, Armut und Mutlosigkeit schlagen über uns zusammen. Wenn wir nicht alle diese Hoffnung fahren lassen, gehen wir alle zugrunde. Wir müßten nur einmal mit uns selbst und unserem Herrgott einig werden, daß es nichts mehr zu hoffen, nichts mehr zu träumen gibt. Und dann müssen wir die Vergangenheit liegen lassen, diese Vergangenheit, die wie ein Alp über uns hängt, die müssen wir lassen, und uns dann entschließen, mit neuem Mut an der Zukunft zu arbeiten.«

Er wurde von einem Schrei unterbrochen, einem heiseren, beinahe brüllenden Schrei, das war die alte Kaisa, die in die Schankstube gekommen war und nun mit gekrümmten Fingern vor ihm stand. Es war förmlich, als ginge ein Frostschauer des Hasses durch den Raum. Das närrische Mädchen hatte sich stumm und böse starrend auf der Schwelle niedergesetzt. In den Tabakswolken glich sie wirklich einem jener seltsamen, grauweißen Nebelvögel weit draußen auf den Schären.

»Du hast uns gar nichts zu sagen!« zischte die Schankwirtin wütend. »Was hast du zum Schiff beigesteuert? Nichts! Aber wir haben unsere Söhne gegeben. Tobias und Elias und der Schmied und andere haben ihre Söhne gegeben. Auch ich habe meinen einzigen Sohn gegeben. Achtzehn Jahre war er damals, der jüngste Jungmann auf der ›Glücksprobe‹. Wenn er wiederkommt, dann soll er sein eigenes Schiff haben, eine neue stolze Brigg, noch schmucker als die ›Glücksprobe‹. Du darfst uns nicht die Hoffnung nehmen, Lotsenältester, dazu hast du kein Recht. Hörst du?«

Sie ging dicht an ihn heran. Es war, als wollte sie ihn mit ihren Zigeunerkrallen an der Kehle packen. Der Lotsenälteste wich zurück, nun hatte ihn die Beherrschung verlassen:

»Verdammte Hexe!« rief er. »Hier draußen trägst du mehr als irgendein anderer dazu bei, das Elend durch deine Hirngespinste und deinen Branntwein noch zu vergrößern.«

In diesem Augenblick wurde die Haustür aufgerissen, und in schweren Wasserstiefeln kam der Herbergsvater Johannes herein. Er blieb stehen und warf einen prüfenden Blick über die Stube.

»Na, ist es schon wieder so weit?« murmelte er. Laut fragte er über die Köpfe der Leute:

»Ich höre die Fähre über den Fluß kommen, wer ist ausgefahren?«

11

»Sigvard«, antwortete jemand. »Man hat vom andern Ufer gerufen.«

»Wer kann so spät kommen?« wunderte sich der Fährmann.

Der Lotsenälteste sah sich um:

»Wer fehlt heute abend hier? Der alte Gottfried?«

»Der kann es nicht sein. Der liegt da und kämpft mit dem Tode, hieß es heute mittag.«

»Dann vielleicht der neue Pfarrer?«

»Auch nicht, der wird wohl bei Gottfried sein.«

»Es kann auch ein Fremder sein«, sagte der Lotsenälteste.

Die alte Schlaguhr begann zum Schlage auszuholen, ein langes, heiseres Röcheln, dann kamen die Schläge, eintönig und melodisch, wie die alte Uhr den Menschen nun durch mehr als zwanzig Jahre die Zeit verkündet hatte.

III. DER FREMDE

Jeden Tag derselbe Streit«, sagte Johannes, der Fährmann. »In den letzten zwanzig Jahren habe ich nichts anderes mehr gehört. Ich ahnte schon unterwegs, daß es wieder losgehen würde, an den Jahrestagen ist es ja immer am schlimmsten.«

Er wendete sich an den Lotsenältesten:

»Daß du auch nichts anderes zu reden weißt, Lotsenältester. Du müßtest doch allerlei zu erzählen haben, du, der du so lange gelebt hast.«

Und im Vorbeigehen zischte er:

»Und am Rande des Grabes stehst –«

Der Lotsenälteste zuckte zusammen.

»Gerade deshalb, Johannes«, antwortete der Alte gelassen. »Weil ich fühle, daß ich nicht lange Zeit vor mir habe, will ich euch allen ein ernstes Wort sagen. Ihr seid ja meine alten guten Freunde ... Freunde, ja, vielleicht ist das hier nicht das richtige Wort. Es ist, als hätte sich hier nur der Haß angesammelt. Und das Mißtrauen. Was man auch tut, es wird einem im bösen Sinne ausgelegt. Alle hüten sich förmlich, etwas Gutes vom Nächsten zu glauben. Keiner verträgt, daß es einem andern besser geht. Brauche ich Beispiele zu nennen? Ich habe lange genug gelebt, um viele anführen zu können. Wie nur einer etwas unternahm, gleich waren die anderen mit ihren Munkeleien und Verleumdungen bei der Hand. Und wenn es dann schief ging, begrüßte man das Unglück gleich mit Befriedigung. Ich will nicht sagen mit Schadenfreude, aber mit Befriedigung, weil man wollte, daß alle im Sumpfe steckenbleiben sollten. Und es *ist* immer schief gegangen. Uns hier im Fährdorf glückt nichts mehr. Es ist ein Fluch, der auf uns ruht. Und diesen Fluch wollte ich versuchen, durch ein ernstes Manneswort zu brechen. Denn ich glaube, der Fluch ist darin begründet, daß wir das Vergangene nicht abschütteln können. Wenn wir uns ermannen könnten, einen Strich unter das Geschehene zu ziehen, dann gäbe es noch Hoffnung für die Menschen im Fährdorf. Es gilt, das Alte sein zu lassen und etwas Neues anzupacken, hört ihr es, Leute? Mit frischem Mut wieder anfangen, als ob nichts geschehen wäre. Selbst bin ich zu alt, da hast du recht, Johannes. Ich bin bald am Ende, aber wir haben doch Jugend genug.«

Stille. Nach einer kleinen Weile sagte der Schuster:

»Jugend, ja die, die zurückblieb. Wir können nur die, die fort ist, nicht vergessen.«

Die Herbergsmutter fragte:

»Was hast du der Brigg mit auf den Weg gegeben, Lotsenältester? Ich habe meinen Jungen gegeben. Soll es einer Mutter nicht erlaubt sein zu hoffen?«

»Auch nach zwanzig Jahren?«

»Auch nach zwanzig Jahren, ja. Man hat schon öfters Wunder gesehen.«

Plötzlich war es, als ob ein Anfall der Härte den Lotsenältesten packte. Es war etwas von dem feindseligen Geist des Ortes in den Worten, die er hinausstieß:

»Keiner kommt zurück. Die Brigg ist untergegangen. Und nimmermehr werden wir von ihr hören. Nimmermehr!«

In unbändiger Raserei wollte Kaisa wieder auf ihn losstürzen, aber der Fährmann Johannes stellte sich dazwischen. Da hielt sie sich zurück. Sie murmelte einen unverständlichen Fluch zwischen den Zähnen. Dann wandte sie sich ihrem Manne zu:

»Geh zur Brücke und hilf Sigvard«, sagte sie in befehlendem Ton.

Johannes gehorchte, ohne zu mucksen, und ging, um die Doppeltür zu öffnen. Aber unterwegs bemerkte er das närrische Mädchen, die auf der Flurschwelle saß und geistesabwesend in das Lampenlicht starrte. Johannes fand für seinen Ärger, der Frau Order parieren zu müssen, einen Ablauf. Er fiel über Signe her.

»Und du da,« rief er, »wie rennst du denn herum, ein Graus für alle! Was hast du denn draußen auf den Schären zu tun? Die halbe Nacht kann man dich draußen stehen sehen, mit der Hand über den Augen ... ja, du hast was zu erwarten!«

Ann-Mari erhob sich.

»Tu der Mutter nichts«, bat sie. Ihr Stimmchen klang so zart nach dem Grölen der groben Stimmen.

Der Fährmann lachte:

»Mutter«, sagte er höhnisch. »Mutter! So ein ...«

Mehr wurde nicht gesagt, aber alle wußten, was gemeint war. Der Fährmann öffnete die Türen mit unnötigem Lärm, und Kaisa zog die zwei Frauen in den Flur, wo man sie mit Krügen und Küchengeschirr klappern hörte.

Es erregte keine Aufmerksamkeit unter den Leuten, daß noch zu so später Stunde ein Reisender kam. Es geschah oft, daß Leute, die über den Fluß wollten, mitten in der Nacht kamen. Meistens Reisende, die dann mit Pferden und Wagen weiterfuhren. Einzelne übernachteten auch in dem Wirtshaus, das Zimmer für Reisende hatte, und fuhren dann am nächsten Morgen weiter. Sehr selten kam es vor, daß jemand mehrere Tage im Hause blieb. Mit diesen Menschen waren keine Geschäfte zu machen, und selbst in der Ferienzeit kamen keine Fremden, denn die Einheimischen waren wegen ihres abweisenden, verschlossenen Wesens berüchtigt. Aber es lag auch in ihrer selbstbewußten Art, keine Neugierde zu zeigen.

Die große Doppeltür blieb hinter Johannes offen stehen, und man konnte die zwei Fährleute unten auf der Brücke mit den Koffern des Fremden hantieren hören, aber es fiel keinem ein, hinzusehen, auch nicht, sich gegenseitig zu fragen, wer es wohl sein konnte, der da kam. Der erregte Streit von früher war doch verebbt, und man führte jetzt ein gedämpftes, unwilliges, mürrisches Gespräch.

Unterdessen kam der Fremde mit Johannes und Sigvard herein. Die zwei Fährleute trugen sein Gepäck, zwei große silberbeschlagene Handkoffer, die sie neben der Tür niederstellten. Johannes ging in die Küche hinaus, um mit Kaisa zu sprechen, man entnahm den gemurmelten Worten des Fährmanns von einem Zimmer, daß der Fremde zu übernachten gedachte. Dieser rief »guten Abend« in die Stube, und man antwortete ihm zögernd, einer nach dem andern, gleichsam befangen, und warf ihm rasche, verstohlene Blicke zu. Aber dann setzte man das Gespräch fort, als ob der Mann nicht vorhanden wäre.

Er sagte laut, indem er seinen Hut abnahm und den Pelzmantel aufknöpfte:»Laßt euch nur ja nicht durch mich stören.«

Den Worten folgte ein kurzes Schweigen, aber keine Antwort; hierauf wurde das Gespräch wieder aufgenommen, als hätte man nichts gehört. Es lag nichts ausgesprochen Unhöfliches in diesem Übersehen, eher war es vielleicht eine knappe Form der Höflichkeit, so war es hierzulande Brauch.

Der Fremde ging zum Kamin hin, wo die großen, halbverbrannten Eichenklötze kreuzweise in der Asche lagen und mit einer hinsterbenden, glimmenden Flamme schwelten. Er rieb sich über der Glut die Hände, es war an dem Abend nicht besonders kalt, eher frühlingsmäßig müde, nur ein bißchen frisch, wie nach einem warmen Regen. Und da der Fremde obendrein seinen Pelzmantel anbehielt, war es doch merkwürdig, wie erfroren er sein mußte. Er setzte sich allein an ein kleines Tischchen neben dem Kamin. Dann bedeutete er Sigvard durch ein Zeichen, ihm die Koffer dorthin zu tragen. Sigvard stellte die Koffer neben seinen Stuhl und blieb stehen, um sie sich anzusehen. Es waren prächtige Koffer.

»Wie heißt du, mein Freund?« fragte der Fremde.

»Sigvard«, antwortete der Knabe ungeheuer ernst.

»Sigvard, Sigvard –«, der Fremde wiederholte den Namen ein paarmal, seine Hände anstarrend, die er noch immer gegeneinander rieb, Es waren dünne, lange Hände. Sigvard ging zu der Bank zurück und setzte sich zu der übrigen Jugend, vorgebeugt, die Ellbogen auf die Knie gepflanzt; doch unter seinem Haarschopf starrte er nach dem Fremden hin.

Es war wirklich ein Fremder. Erstens sprach er die Worte schwerfällig mit jenem Zusatz von rollenden angelsächsischen Nebentönen aus, der für die charakteristisch ist, die sich lange in der Fremde aufgehalten haben. Dann waren auch seine Kleider von ungewöhnlicher Feinheit, sein Mantel hatte ein Futter von einem überaus zarten Pelzwerk, dunkel, aber mit etwas beinahe unsichtbar weiß Schäumendem über den Haarspitzen. Er mochte ein Mann von etwa vierzig Jahren sein. Sein Haar war schon stark ergraut, vor den Augen trug er eine große, goldgefaßte, runde Brille, ein beinahe weißer Bart hing über seinen Mund; und wenn er nicht damit beschäftigt war, sich die Hände warm zu reiben, strich er sich über diesen Bart und hielt dann den Kopf nachdenklich schräg. Er war ungewöhnlich, beinahe krankhaft mager, die Haut strammte sich über seinen Backenknochen, die Schläfen waren zwei eingesunkene Gruben.

Nach einiger Zeit kam Ann-Mari mit einer Kanne warmem Bier, und indem sie es auf den Tisch stellte, knixte sie. Auch sie fragte er, wie sie heiße, und wiederholte ihren Namen, wie er den Sigvards wiederholt hatte, leise, mit einem seltsamen Zögern in der Stimme, vielleicht aus reiner Geistesabwesenheit, so als dächte er die ganze Zeit an etwas ganz anderes. Plötzlich sah er auf seine Uhr, eine Golduhr mit Doppeldeckel, die einen soliden Knacks von sich gab, als er sie öffnete.

»Noch nicht Mitternacht«, murmelte er.

Dies hörten die Leute rings um den großen Tisch, und sie sahen auf die große Schlaguhr, die tickte und tickte. Es wurde ganz still in der Stube, einer nach dem andern trank seinen Humpen aus, stand auf und ging. Schließlich waren außer dem Fremden nur Johannes und der Lotsenälteste übrig, und Ann-Mari, die den Tisch abräumte.

Johannes, der Fährmann, sprach den Fremden mit »Mister« an.

»Wünschen Sie das große oder das kleine Zimmer, Mister?« fragte er.

»Das große. Sind noch andere Gäste da?«

»Nein. Heute abend nicht. Wir haben auch keine anderen Zimmer.«

»Das große Zimmer – geht das auf den Fluß?«

»Ja.«

»Und wieviel Fenster sind da? Vielleicht drei?«

»Ja, drei Fenster.«

»Hast du die Rollgardinen herabgelassen?«

»Es gibt keine Rollgardinen. Vom Fluß kann niemand hereinsehen.«

»Keine Gardinen«, murmelte der Fremde. »Drei schwarze Fenster ... die Fenster haben kleine Scheiben, nicht wahr?«

»Ja, das ist ein altes Haus.«

Der Fremde sah sich in der Stube mit den alten, verräucherten, steinharten Balken um.

»Ein altes Haus, ja, vierhundert Jahre, denke ich.«

»Gerade vierhundert Jahre, so heißt es.«

Der Fremde deutete auf den größeren seiner Koffer. »Trage diesen Koffer hinauf«, sagte er. »Den andern nehme ich selbst. Den lasse ich nie aus den Augen.«

Der Lotsenälteste blieb mit dem Fremden allein. Der Alte schien sich sehr schwer zum Gehen zu entschließen, vielleicht merkte der andere das, denn er nickte ihm freundlich zu.

»Ich hörte die Leute hier von einem Schiff sprechen, das verschollen ist«, sagte er.

»Ach,« antwortete der Lotsenälteste, »das ist schon so lange her, zwanzig Jahre.«

»Zwanzig Jahre,« murmelte der Fremde, »zwanzig Jahre ... zwanzig Jahre.«

Er wiederholte diese Worte in demselben staunenden Ton, in dem er die Namen Ann-Mari und Sigvard ausgesprochen hatte.

Und auf den freien Platz am Tische deutend, sagte er:

»Setzen Sie sich doch.«

»Aber es ist spät, wollen Sie sich nicht niederlegen?«

»Noch nicht.«

»Sie sehen doch so müde aus«, wandte der Lotsenälteste ein.

»Ja,« erwiderte der Fremde mit einem Seufzer, der so klang, als wenn er sich innerlich ganz auflöste – »ich fühle mich nicht ganz wohl.«

IV. ALTE GESCHICHTEN

Der Fremde stützte den Kopf in die Hand und beschattete die Augen mit der Handfläche, so als ob das Licht der Paraffinlampe ihn belästigte.

»Haben Sie schlechte Augen?« fragte der Lotsenälteste.

»Ja,« sagte der Fremde. »Ich habe mir einmal die Augen in einem japanischen Gaswerk verdorben. Aber mit dieser starken Brille sehe ich doch so halbwegs. Nur kann ich grelles Licht nicht vertragen, ich gehe womöglich nicht bei Tag aus, und ich wohne gern in solch alten, dunklen Gasthäusern wie diesem.«

Oben konnte man Johannes und die Fährwirtin hin und her gehen hören. Sie waren damit beschäftigt, das Zimmer des Reisenden instand zu setzen. Hie und da hielten die Schritte inne, und es wurde dort oben ruhig, so als ob das Ehepaar beisammen stünde und in der Stille irgend etwas überlegte. Der Lotsenälteste und der Fremde horchten unwillkürlich auf, vielleicht auch weil sie nichts Rechtes miteinander zu sprechen hatten. Der Lotsenälteste wollte ungern gehen, etwas Unfaßbares hielt ihn zurück, ein seltsames Interesse für den Fremden; er versuchte sich ein Bild von seinen Gesichtszügen zu machen, aber es war ihm gleichsam unmöglich, etwas anderes zu erfassen, als daß es ein mageres, blasses Antlitz war. Irgendwie blieb es im verborgenen. Der Bart verdeckte etwas, die Brillen verdeckten etwas – und dann diese Hand, diese flache Hand, die freilich vor dem Lampenlicht schützen sollte, aber die auch das Gesicht verbarg. Der Fremde schien das Schweigen plötzlich peinlich zu empfinden, er kehrte zu seinem früheren Thema zurück.

»In einem alten Hause wie diesem, ja,« murmelte er, »habe ich mich viele Jahre gesehnt zu wohnen. So dunkel und still, die Wände aus dicken Eichenplanken, durch die Lärm und Stimmen nicht dringen können, jedes Zimmer wie eine abgesonderte Welt für sich. Und dann der ewig strömende Fluß vor den Fenstern, ist das nicht, als ob die Zeit selbst in erbarmungsloser Unabwendbarkeit vorbeiglitte – eigentlich bin ich viele Jahre auf der Wanderschaft gewesen, um ein solches Haus zu finden.«

»Bleiben Sie lange hier?« fragte der Lotsenälteste.

»Nein, nein«, erwiderte der Fremde beinahe erschrocken. »Nicht lange, meine Natur ist nicht so beschaffen. Ich kann nicht lange an einem Orte sein.«

»Vielleicht veranlaßt Sie Ihr Beruf, immer neue Orte aufzusuchen?«

»Mein Beruf, tja ... das kann man vielleicht sagen, ich erfülle meine Bestimmung, und insofern ist es mein Beruf.«

»Sie sind wohl viel in der Welt herumgekommen?«

»Viel, unermeßlich viel.«

»Kommen Sie jetzt aus Amerika?«

»Ich komme aus England. Ich komme aus einem kleinen englischen Dörfchen, das Coltherge heißt, haben Sie davon gehört? Ach nein, das werden Sie wohl nicht. Es ist ein ganz kleines Dörfchen. Äußerst selten kommt ein Fremder hin. Es liegt ganz abgesondert an einem Flüßchen, das sich in langsamen Windungen dahinschlängelt – ah, diese englischen Flußufer mit ihren Eichen und den einsamen Fischern in der Dämmerung, das ist eine Welt für unglückliche Menschen.«

»Ungefähr so wie dieser Ort hier?«

»Ja«, antwortete der Fremde mit plötzlicher Hast in der Stimme. »Vielleicht wie dieser Ort hier.«

»Wenn Sie sich hier niederlassen,« sagte der Lotsenälteste sanft, »dann werden Sie nicht der einzige Unglückliche hier sein.«

»Ich konnte nicht umhin, ein bißchen von den Reden der Leute heute abend hier aufzuschnappen«, sagte der Fremde. »Hat man denn gar nichts mehr von dem Schiff gehört, das vor so vielen Jahren verschwunden ist?«

»Nichts.«

»Nicht einmal eine Nachricht, daß es gestrandet oder gesunken ist?«

»Nein, nichts. An jenem Morgen vor zwanzig Jahren standen wir alle miteinander draußen auf den Schären und sahen die Brigg mit vollen Segeln auslaufen. Sie können mir glauben, es war ein stolzer Anblick, der unsere Herzen höher schlagen ließ. Niemand hat ihn seither vergessen können. Dieses schöne Bild lebt unauslöschlich in unserer Erinnerung, und es ist den Menschen zum Fluch geworden. Das letzte, was wir von dem Schiff sahen, als es draußen am Horizont verschwand, waren die Mastspitzen und die Wimpel – seltsam, nicht wahr? Es war förmlich, als segelte es mit einem Male spurlos in die Ewigkeit hinein. Und das ist es gerade, was die Gedanken der Überlebenden behext hat: daß keiner das Schiff mehr gesehen hat, keiner in der ganzen weiten Welt mit ihren langen Küsten und ihren Tausenden von Inseln und zahllosen Schiffen. Die Menschen hier grübeln und grübeln und können sich nicht von dem Gedanken befreien, daß das Schiff irgendwo unter geheimnisvollen Himmelsstrichen dahinzieht, in einer Art Verwunschenheit, von der es aber einmal erlöst werden wird, um heimzukehren.«

»Die Weltmeere sind unermeßlich groß«, meinte der Fremde. »Es ist gar nicht so verwunderlich, daß ein Schiff verschwindet. Die meisten hier hatten wohl Angehörige an Bord?«

»Die meisten. Ja. Und fast lauter Jugend. Man hat nie eine so wunderbare Besatzung an Bord eines Schiffes gesehen: alle, vom Kapitän bis zum kleinsten Matrosenjungen, waren von glühender Begeisterung für das Schiff erfüllt und empfanden es als einen Teil ihres Eigentums. Und das war es ja auch.«

»Hatten auch die Fährleute hier jemanden an Bord?« fragte der Fremde zögernd.

»Einen Jungen, den einzigen Sohn. Er war damals wohl etwa achtzehn Jahre.«

Sie saßen eine Weile schweigend da. Die Stille wurde nur von den Schritten dort oben auf den Planken unterbrochen. Dann fuhr der Lotsenälteste leise fort:

»Es ist ein Teil des Fluches, der auf diesem Orte ruht, daß er den Sinn der Menschen hier ganz verändert hat. Früher einmal waren die Fährleute arbeitsame, brave Menschen, umgängliche, friedfertige Leute. Mit den Jahren sind sie immer eigentümlicher geworden. Jetzt nennen wir alle die Fährwirtin nur die Hexe Kaisa, vielleicht kommt es daher, daß Zigeunerblut in ihr ist. Sie kann den Gedanken nicht fahren lassen, daß der Sohn einmal zurückkommen wird, im Gegenteil, der Gedanke hat nur immer tiefer und tiefer in ihrem Sinn Wurzel geschlagen. Ihr einziges Sinnen und Trachten ist jetzt, so viel Geld zusammenzuscharren, daß sie dem Sohne, der als jüngster Jungmann ausfuhr, ein neues Schiff geben kann, wenn er wiederkehrt. Überall im Fährdorf herrscht jetzt nur Armut und Elend, das Gasthaus hier verschlingt den ganzen Verdienst der Leute, fragen Sie nur all die armen blassen Frauen, was sie von der Hexe Kaisa halten. Aber es ist so, als könnte sie einfach nie genug bekommen, das ist bei ihr eine Art Wahnsinn geworden, der Fluch des Wahnsinns – das Schiff, das sie dem heimkehrenden Sohne bauen will, wird in ihrer Phantasie immer größer und prächtiger. Weiß Gott, was sie sich unter einem Schiffe vorstellt, aber jetzt fabelt sie jedenfalls von einem Fahrzeug mit vergoldeten Mastspitzen. Ich weiß jedenfalls, daß es traurig wäre, an Bord eines Schiffes zu gehen, das für solches Geld gebaut ist. Frau Sorge wird auf den vergoldeten Mastspitzen hocken und weinen.«

»Aber das junge Mädchen, das vorhin da war, wer ist die?«

»Das ist Ann-Mari«, erwiderte der Lotsenälteste mit merklicher Wärme in der Stimme, »ihre Enkelin. Das ist der Sonnenstrahl in der Fähre. Es ist erstaunlich, daß ein solches Kind in dieser Nacht des Hasses und des Elends aufwachsen konnte.«

Plötzlich wurde der Lotsenälteste auf eine Bewegung des anderen aufmerksam.

»Aber Sie zittern ja«, sagte er. »Sie frieren. Sie müssen auch müde sein. Warum gehen Sie nicht hinauf und legen sich schlafen?«

»Wenn ich so recht müde bin,« meinte der Fremde, »habe ich Angst vor dem Schlaf. Die Träume sind ja unser zweites Leben, niemand kann im vorhinein wissen, was ihm da begegnen wird. Das junge Mädchen«, fuhr er fort, »ist also die Tochter des Sohnes, der verschwunden ist?«

»Ja.«

»Und ihre Mutter?«

»Sie waren nicht verheiratet. Sie kamen nicht dazu, bevor er abreiste, das Mädel war ein armes Ding aus dem Fischerdorf, und vielleicht hatte der Sohn auch Angst, seiner strengen Mutter von dem Verhältnis zu erzählen. So kam denn das Unglück, nachdem das Schiff verschwunden war. Sie wissen, solche Dinge werden in abgelegenen Orten strenger beurteilt als anderswo in der Welt. Es ist wirklich ein Unglück und eine große Schande.«

»Aber die Mutter?«

»Das ist Signe. Wir nennen sie hier die ›Hellsichtige‹, man behauptet, sie kann Dinge sehen, die sonst kein menschliches Auge erblickt. Aber das ist bei ihr wohl nur so eine Art Verrücktheit. Das Unglück und die Sehnsucht nach dem verschwundenen Geliebten haben dem armen Ding den Kopf verdreht. Sie ist nicht eigentlich menschenscheu, sie mischt sich unter uns andere, aber es ist doch so, als ob sie in einer unermeßlichen Einsamkeit lebe. Sie geht immerzu herum und sucht, in ihren Augen liegt beständig etwas eigentümlich Suchendes und Starrendes, so daß man ihr am liebsten aus dem Wege geht. Oft steht sie ganz weit draußen auf den Schären und sieht über das Meer hin, als ob sie erwartete, daß sie wieder am Horizont auftauchen, die Mastspitzen und die Wimpel. Heute den ganzen Tag hat sie unter einer furchtbaren Unruhe gelitten, hin und her, aus und ein, aber man läßt sie gewähren, denn sie ist ja nicht ganz richtig im Kopf. Sturm und Wind, Sonne oder Regen, das ist ihr ganz einerlei. Vor einer Stunde kam sie aus den Schären zurück, ganz verstört, stumm, gejagt, zitternd. Jetzt ist sie sicher wieder hingegangen. Wissen Sie, daß sie die Letzte ist, die etwas von dem Schiff gehört hat ... das heißt,« fuhr der Lotsenälteste flüsternd fort, »damit ist es nicht so ganz geheuer. Sie ist eben hellsichtig. Sie hat Stimmen vom Schiff gehört.«

»Was waren das für Stimmen?«

»Ja, Stimmen, die melden sollten, daß das Schiff in Gefahr war. Es war eine Sturmnacht, das ist nun so manches liebe Jahr her. Wir saßen unser viele um den Tisch hier, akkurat wie heute. Da kam sie hereingestürzt und rief:

›Nun habe ich es gehört! Die Stimmen vom Schiff! Es geht unter!‹«

Der Fremde schlug den Pelzkragen bis über die Ohren auf. Es begann wirklich kalt zu werden, nächtlich kalt. Die Holzklötze im Kamin glühten nur und rauchten.

»Und wie stellten sich die Leute hier dazu?« fragte der Fremde.

»Sie gaben gar keine Antwort. Sahen sie nur an und schwiegen. Dann fing einer zu lachen an. Dann lachten wohl die meisten mit. Aber es war ein unheimliches, gekünsteltes Lachen.«

Der Fremde erhob sich plötzlich. Die Schritte kamen die Treppe hinunter. Bald darauf erschien Johannes mit einer brennenden Kerze in der Hand. Die Fährwirtin hatte sich vor dem Fremden noch nicht gezeigt, sie war in die dunkle Küche gegangen.

»Ihr Zimmer ist bereit,« sagte Johannes, »soll ich Sie hinauf begleiten?«

»Ist nicht notwendig«, sagte der Fremde und nahm ihm die Kerze aus der Hand. »Ich finde schon selbst.«

Draußen im Stiegenhaus hob er die brennende Kerze hoch über seinen Kopf und rief in die stockfinstere Küche:

»Hallo, ist niemand da? Mir scheint, ich höre jemanden hier?«

Aber da er keine Antwort bekam, ging er weiter, die Stiege hinauf, die unter seinen Schritten knarrte.

V. KAISA, DIE HEXE

Johannes blieb im Stiegenhaus stehen, um zu sehen, daß der Fremde gut hinaufkam. Die Herbergsmutter hatte sich in der Küche versteckt, Johannes sah, da die Küchentür offen war, undeutlich die Umrisse ihrer Gestalt. Von dem Licht, das der Fremde in der Hand trug, fiel auch ein matter Schein in die schwarze Küche, die blanken Küchengeräte dort blinkten wie leuchtende Augen auf.

Auf dem obersten Treppenabsatz blieb der Fremde stehen.

»Die Tür gerade vor mir, nicht wahr?« fragte er.

»Ja.«

»Ich leide sehr an Schlaflosigkeit,« fuhr er fort, »es kommt vor, daß ich mitten in der Nacht oder gegen Morgen ein bißchen spazieren gehen muß. Wie gelange ich dann hinaus?«

»Hier unter der Treppe ist eine kleine Tür. Die steht offen.«

»Schön, dann finde ich schon. Gute Nacht.«

»Gute Nacht«, gab Johannes zurück.

Man hörte den Fremden in sein Zimmer gehen und die Tür hinter sich zuschließen. Johannes kehrte in die Gaststube zurück, wo noch einiges wegzuräumen war. Durch das offene Fenster lauschte er den Schritten, die sich über einen steinigen Abhang entfernten. Das war der Lotsenälteste auf dem Heimweg.

Und bald darauf trat auch die Frau ins Zimmer. Die beiden alten Menschen gingen aneinander vorbei und hantierten jeder für sich herum. Es lag eigentlich nichts Feindliches in diesem Schweigen, aber es war doch, als hätten sie sich etwas zu sagen, vielleicht böse Worte, aber keiner von ihnen entschloß sich, den Anfang zu machen; es lag etwas Heimtückisches, Tierisches in diesem leisen Herumschlurfen.

Endlich setzte sich die Alte am Kamin nieder. Der Mann blieb unter dem Lampenschirm stehen und putzte irgendwelche Fischgeräte.

»Was hast du für die Überfuhr bekommen?« fragte sie.

»Er hat noch gar nicht bezahlt.«

Und nach einer Pause fügte er hinzu:

»Aber er wollte Sigvard ein Trinkgeld geben.«

»Hat er es genommen?«

»Nein, er hat es nicht genommen. Es war ein halber Taler.«

Die Frau schnitt eine Grimasse.

»Er ist stolz, der Junge. Ist Ann-Mari zu Bett gegangen?«

»Ich weiß nicht,« erwiderte der Mann, »heute ist ja Samstagabend. Der erste Frühlingsabend. Ich hörte vorhin die Ziehharmonika vom Kirchenhügel.«

Wieder war es still. Aus dem Zimmer über ihnen hörte man Schritte. Das war der Fremde, der seine Nachtvorbereitungen traf. Es hörte sich an, als ob er seine Koffer öffnete und irgendwelche Gegenstände, Stiefel und derlei herausnähme.

»Er ist sicher reich, der Mann«, sagte die Fährwirtin mit gesenkter Stimme. »Seine Koffer sind mit Silber beschlagen. Sagte er etwas darüber, wie lange er bleiben will?«

»Er redete etwas von ein paar Tagen. Vielleicht zwei oder drei. Er will weiter.«

»Ich habe versucht, seinen großen Koffer zu öffnen, aber er war abgesperrt.«

Dem Mann gab es einen Ruck.

»Das ist doch selbstverständlich,« sagte er, »daß man seine Sachen versperren muß, wenn man auf Reisen geht.«

»Übrigens hat er seine Reichtümer nicht in dem großen Koffer, sondern in dem anderen, dem kleineren.«

»Wie kannst du das wissen?«

»Das ist doch klar. Von dem kleinen Koffer will er sich gar nicht trennen. Er muß ihn immer in der Nähe haben. Als er hier am Kamin saß, stand der Koffer neben ihm, und von Zeit zu Zeit sah er immer hin. Ich bin ganz sicher, daß er große Reichtümer in diesem Koffer hat. Geld, Gold.«

»Es können ja auch wichtige Papiere sein.«

»Kein Mensch zieht mit wichtigen Dokumenten im Koffer im Lande herum. Solche Papiere trägt man auf der Brust, in der Brieftasche. Nein, in diesem Koffer sind schon andere Dinge. Gold.«

Wieder hörte man oben Schritte.

»Er geht im Zimmer hin und her«, sagte die Frau.

»Er leidet ja an Schlaflosigkeit, hat er gesagt.«

»An Unruhe, ja. Vielleicht an schlechtem Gewissen.«

»Warum denn?«

»Wie heißt er?«

»Er hat seinen Namen noch nicht eingeschrieben.«

»Und warum kommt er her und läßt sich an einem solchen Ort nieder?«

»Vielleicht um Ruhe zu finden.«

»Oder um sich zu verbergen. Vor wem? Ja, wer kann das wissen? Vielleicht ist schon jemand unterwegs und sucht ihn. Er hat etwas Verdächtiges an sich. Er kommt von weit her. Woher hat er seine Reichtümer?«

»Das ist etwas, was uns gar nichts angeht.«

»Er kommt in tiefster Heimlichkeit her. Wenn er abreist, sagt er nicht, wohin er fährt, er hinterläßt keine Spuren. Selbst wenn er hier verschwindet, wird niemand nach ihm fragen.«

Der Mann dort unter der Lampe wurde unruhig. Er ließ die Geräte zu Boden fallen.

»Du siehst schlecht«, sagte die Alte. »Deine Hände zittern, und du kannst die Sachen nicht halten. Du wirst alt und gebrechlich.«

»Die Jahre setzen mir zu«, sagte der Mann mit heiserer, bewegter Stimme, »und dann dieser ewige Unfriede.«

»Vielleicht beginnt der wirkliche Kampf erst jetzt«, murmelte die Frau. »Hast du nicht gehört, wie der neue Pfarrer herumgeht und predigt?«

»Ich hab so etwas gehört.«

»Er will uns die Gastwirtschaft nehmen. Er nennt sie eine Pesthöhle der Sünde. Die Mannsleute kommen her und vertrinken ihr ganzes Geld, sagt er, so daß für daheim nichts übrig bleibt. Ist das unsere Sache? Wir bitten keinen, zu kommen. Aber jetzt hat er alle Frauen auf seiner Seite. Die schreien und heulen jeden Tag dort drüben im Bethaus. Vielleicht wird das Fährgasthaus eines schönen Tages gesperrt. Und dann stehen wir da, Johannes. Dann müssen wir anfangen die Sparpfennige anzugreifen. Denn einen anderen Ausweg gibt es wohl nicht.«

Die Alte streckte ihre beiden gekrümmten Hände vor, es war gleichsam, als zeigte sie dem Manne unsichtbares Gold darin. Wie sie da an der rauchenden Esse saß, glich sie aufs Haar einer Hexe. Sie senkte die Stimme zu einem Flüstern – und als der Mann dieses Flüstern hörte, erschrak er plötzlich und warf die Sachen, die er in den Händen hatte, auf den Tisch, so als wollte er flüchten; aber es war bei alledem eine solche hypnotische Macht in dem Eifer der Frau, daß er wie festgebannt stehenblieb und sie anstarrte.

»Die Sparpfennige«, wiederholte sie. »Alle die, die wir einen nach dem andern zurückgelegt haben ... die wir sooft gezählt ... mit denen wir gerechnet haben ... die für den Tag bereitliegen sollten, an dem er wieder in die Stube hier tritt, er, der seit zwanzig Jahren fort ist ... das ist Blutgeld, heulen sie dort drüben im Bethaus. Vielleicht, ja ... und vielleicht glänzt es von den Tränen der Witwen ... aber wie dem auch sei, es ist doch unser Geld, und um es aufzustapeln, haben wir uns zum Abschaum gemacht, weil wir glauben, daß es uns einmal Segen bringen wird ... und nun sollen wir gezwungen werden, dieses Geld wieder herzugeben, es uns aus den Händen gleiten zu lassen, Stück für Stück, nur um uns elende alte Kreaturen am Leben zu erhalten. Und wenn es dann weg ist, dann sitzen wir ausgeplündert da. Und wenn er endlich eines schönen Tages zu uns hereinkommt, dann findet er uns ratzekahl, alles weg bis auf die Schande, denn die bleibt uns.«

Sie erhob sich mit einem Stöhnen und bewegte sich langsam auf ihren gichtischen Beinen durch das Zimmer. Als sie an dem Manne vorbeikam, wandte sie sich ihm jäh zu und fragte:

»Du sagst nichts, was?«

»Es ist jetzt Nacht,« erwiderte er leise, »laß uns lieber weitersprechen, bis es hell wird.«

»Du fürchtest dich vor der Dunkelheit«, sagte sie.

Als sie auf die Schwelle zum Treppenhaus kam, blieb sie wieder stehen, lauschte zu dem dunklen Gebälk hinauf und sagte:

»Nichts mehr zu hören. Er schläft.«

Der Mann nickte.

»Er muß tief schlafen,« fuhr die Alte fort, »er hat eine lange, anstrengende Reise hinter sich. Der wird nicht so leicht wach.«

Wie um es auszuprobieren, stieß sie ein paarmal mit ihrem Stock auf den Boden und trat dann in die dunkle Türöffnung, indem sie in sich hineinlachte – dieses kurzatmige, höhnische Gelächter, bei dem die Leute immer zusammenfuhren.

Als die Frau in das Innere des großen Hauses verschwunden war, kam eine wunderliche Hast über den Mann, so als hätte er Angst, länger hier in der Stube allein zu sein. Er entzündete die Hornlaterne, löschte die Öllampe unter der Decke, schob die große Doppeltür zurück und ging hinaus. Die Stufen waren feucht vom Nachttau, und über der Holzbrücke und dem langsam rinnenden Fluß glitzerte ein feines Lichtgespinst vom Mond und den Sternen. Die Häuser zeichneten große Schattengruben ab, aus denen hie und dort ein schimmernder First oder Giebel vorsprang. Hoch oben am Himmel war das ungeheure Sterngarn des Orion ausgeworfen, die Wolken zogen in raschem Flug unter dem Mond hin, so daß es aussah, als würde die Mondscheibe in unnatürlich raschem Lauf über den Himmel geschleudert. Der Mann blieb eine Weile stehen und sah das Wetter an, es war Südwind gekommen, ein warmer feuchter Südwind, der frische Meeresluft brachte, es sah aus, als sollte es in diesem Jahr bald Frühling werden.

Johannes machte eine Runde über die Brücke und rings um die Bootshäuser, sah nach den Vertauungen und schloß hier und dort zu. Bevor er wieder ins Haus ging, warf er noch einen Bück zu den Fenstern des Reisenden hinauf; alle Scheiben waren schwarz, der Fremde hatte das Licht gelöscht und war zur Ruhe gegangen.

Als Johannes wieder ins Haus gekommen war, löschte er die Laterne. Es wurde stockfinster um ihn, aber er konnte sich in dem großen Hause bei Nacht ebenso sicher wie bei Tag bewegen, er kannte jede Stufe der Treppen und jeden Balken der Wände. An diesem Hause war durch Jahrhunderte gebaut worden, jedesmal, wenn die Besitzer mehr Platz brauchten, hatte man ohne Rücksicht auf den Zusammenhang neue Zimmer, Treppen und Gänge hinzugefügt. Das ganze Innere des Hauses war ein wunderliches Gewirr von sich kreuzenden Stiegen und Korridoren, aber Johannes kannte es alles so gut, daß, wo immer er in dem Hause stand und ein Geräusch aus einem der vielen Zimmer und Stiegenabsätze zu ihm drang, und wenn es von noch so weit her kam, er sogleich bestimmen konnte, woher es war.

Wie er nun so in seinem eigenen Schlafzimmer stand und gerade den Rock an den Wandhaken gehängt hatte, hörte er einen Laut aus dem Inneren des Hauses. Er wußte sofort, daß das Geräusch aus dem Zimmer des Fremden kam. Eine Tür war geöffnet worden. Johannes blieb mit gesenktem Kopf stehen und grübelte: War es der Reisende, der ausging? Oder war es jemand, der seine Tür von außen geöffnet hatte?

28

VI. SCHLAFLOSE NACHT

Bald darauf hörte Johannes Schritte über leise knarrende Bodenbretter – und nun konnte er berechnen, woher das Geräusch kam. Es war der Fremde, der sein Zimmer verlassen hatte. Johannes konnte hören, daß er sehr vorsichtig auftrat, hie und da blieb er stehen, vermutlich um zu horchen, ob er Lärm machte – dann ging er weiter. Nun näherte er sich der Treppe. Johannes stellte die Hornlaterne in eine offene Kiste, so daß es ringsum ganz finster wurde. Dann schlich er sich zu dem Vorsprung der Treppe, wo er, selbst ungesehen, beobachten konnte, was vorging.

Der Fremde kam die Treppe hinunter. Obwohl vorsichtig, ging er doch mit großer Sicherheit Schritt für Schritt. In einem der Treppenwinkel mußte er eine schmale offene Luke in der Wand passieren. Durch diese Luke fiel ein ganz mattes Dämmerlicht vom Sternenhimmel. Als er da vorbeipassierte, konnte Johannes sein Gesicht sehen.

Der Fremde stützte sich im Gehen auf das Geländer, er ging mit gesenktem Kopf, und obwohl das Gesicht halb von dichten Schatten verdeckt war, konnte Johannes doch seinen Ausdruck erkennen, der tief nachsinnend und tief betrübt war. Nur einen Augenblick hatte er im Sternenlicht gestanden, nun verschlang ihn wieder die Dunkelheit der Treppe.

Johannes lauschte seinen Schritten, wie man einen Dieb zur Nachtzeit belauscht. Das Sonderbare war, daß der Fremde kein Licht mit hatte. Er ging wie ein Schlafwandler ... Nun konnte Johannes hören, daß er die Treppe ganz hinuntergekommen war ... jetzt ging er durch den schmalen Gang links, wo alle Bierfässer in Reih und Glied lagen. Dahinter, dicht dahinter war Signes und Ann-Maris Zimmer. Aber rechts war eine schmale Tür, die in den Garten führte, und diese Tür stand immer offen. Johannes hörte, wie der Fremde ein Weilchen stehen blieb, so als überlegte er. Aber dann knirschten die rostigen Angeln der Tür leise.

Johannes schlich hinter ihm drein die Stufen hinunter, so rasch und leise er konnte. Als er in dem engen Gang angelangt war, sah er wieder das graue Licht des Sternenhimmels. Der Fremde hatte die Tür offen stehen lassen. Johannes wartete ein Weilchen. Er konnte sehen, wie der Schatten des Fremden sich in phantastischer

29

Vergrößerung über die Wand des Seeschuppens bewegte. Der Fremde war im Begriff, sich durch den kleinen Küchengarten zu schleichen, um auf die Straße hinauszukommen. Aber obgleich nun alles von dem blassen Licht des Himmels beschienen dalag und er also ohne Schwierigkeit seinen Weg gehen konnte, blieb er oft tastend stehen, so als ob er die Hand vor dem Auge nicht sehen könnte. Es war ganz so, als ginge dieser wunderliche Mann in der tiefsten Finsternis besser als bei Licht.

Nun kam das Sonderbare, das Johannes völlig zu verstören schien: auch drinnen im Hause hinter ihm ertönten schleichende Schritte. Wer konnte das sein? Er wußte, daß Kaisa und Signe sich zur Ruhe begeben hatten und die kleine Ann-Mari zum Frühlingstanz auf den Kirchenhügel gegangen war. Aber der Laut dieser Schritte verstummte – und nun ging der Fremde durch das Gartengitter. Johannes wollte sich zur Tür hinausdrücken, um ihm zu folgen, als jemand ihn beim Arm packte. Er wandte sich jäh um.

Hoch und drohend stand in der Dunkelheit Kaisa da. Ihre Krallen hielten ihn am Rockärmel fest. Sie beugte ihr dunkles Gesicht über ihn, so als wollte sie ihm die Augen aushacken, und unwillkürlich duckte er sich.

»Bleib hier«, flüsterte sie.

»Ich behalte ihn im Auge, den Fremden«, erwiderte Johannes. »Er ist fortgegangen.«

»Ich weiß,« erwiderte sie,»laß ihn gehen. Komm her.«

Sie zog ihn in den Gang hinein, und nachdem sie die Tür sorgsam verschlossen, aber nicht versperrt hatte, entzündete sie ein Licht.

Sie lachte.

»Jetzt sind wir allein«, sagte sie. »Signe schläft.«

Sie wies hinauf.

»Seine Tür ist nicht verschlossen. Die Tür zu dem großen Zimmer läßt sich nicht schließen, weißt du.«

Johannes verstand sie vielleicht, aber wurde ängstlich.

»Ich habe geglaubt, du schläfst«, sagte er ausweichend.

»Ich wollte nicht zu Bett gehen. Ich wollte warten und sehen.«

»Warten, worauf?«

»Daß er das Haus verläßt. Fürchtest du dich, Johannes?«

Er antwortete nicht.

»Du fürchtest dich immer in der Dunkelheit«, sagte sie und lachte wieder, dieses hohle, unheimliche Lachen – es war, als gingen harte Stöße von ihrer Brust aus. »Jetzt werde ich anzünden,« sprach sie weiter, »jetzt werde ich die Laterne anzünden. Es sieht uns ja doch niemand. Alle Läden sind zu. Komm jetzt.«

... Aber der Fremde war nun auf die Dorfstraße gekommen. Er ging mit aufgeknöpftem Rock, die Hände tief in den Taschen vergraben. Er sah sich aufmerksam um, so als suchte er einen bestimmten Punkt. Dies war kein eigentliches Dorf. Nicht einmal ein Ladeplatz. Die Straße, die bergab, bergauf ging, drehte sich beständig. Es sah aus, als wären die Häuser ganz zufällig hier und dort hingebaut, und so hatte die Straße ihren Launen folgen müssen. Die meisten Häuser waren sehr klein, alle waren sie grau und armselig, und sie sahen noch einförmiger in diesem Mondschein aus, der alle Farben löschte und nur Schatten und Licht sehen ließ. Die Häuser waren meistens von einem kleinen Gärtchen umgeben, und die Gärten wieder von Staketen. Wenn der Frühling sich auch noch nicht recht entfaltet hatte, so konnte man doch an den verkümmerten Bäumen, die ihre schwarzen Finger in das Mondlicht hinaufreckten, und an den Rasenflächen mit dem vorjährigen Gras, das welk war wie das Gras auf vergessenen Gräbern, sehen, daß die Gärten schlecht und lieblos gehalten waren. Hingegen war viel Arbeit auf die Umzäunungen verwendet, sie waren auffallend hoch und dicht. In diesen Zäunen drückte sich die Nachbarfeindschaft aus. Es war, als verkörperte jedes Haus innerhalb seines Stakets feindselige Bitterkeit und Mißtrauen.

Am dichtesten lag das Dorf rings um das Handlungshaus, ein altes Gebäude mit zwei Stockwerken, aus Balken erbaut wie das Fährhaus. Der Bau stammte sicherlich aus Unfriedenszeiten, die untersten Fenster lagen mehr als mannshoch über der Erde – und in dieser Gestalt brachte er noch deutlicher als die anderen Häuser das allgemeine Gepräge des Mißtrauens und der Feindseligkeit zum Ausdruck, die hier zu herrschen schienen.

Von jenem Punkte hatte man einen Überblick über das Dorf, bis ganz hinaus zu den zerstreuten Häuschen auf den Schären. Weit draußen im Meere blinkte es regelmäßig von dem Leuchtturm auf; es war, als läge dort draußen in der Dunkelheit ein Fabeltier und wälzte sich und starrte hinüber zum Horizont, zuerst mit seinem roten und dann mit seinem grünen Auge. Gegen das Land zu erhoben sich einige dunkle Hügel, das waren aufgestapelte Bretter

– und dahinter ragte der Schornstein des Sägewerks kohlschwarz zu den Sternen auf.

Der Fremde ging herum und sah all dies an, prüfend, so als fragte er sich, wer wohl in diesen Häusern wohnte. Er kam auch zu der kleinen Brücke hinunter. Eine Plankenbrücke mit Pfosten in dem rinnenden Fluß. Eine Weile blieb er stehen und starrte durch die Ritzen hinunter. Das Wasser glitt ruhig und dunkel mit einem leisen Glucksen vorbei. Er trat an den Rand der Brücke und sah über den Fluß hinaus. Auf dem anderen Ufer war der Boden flach und mit Gesträuch und einzelnen Bäumen bewachsen. Diese Bäume, die der Fremde lange verwundert betrachtete, ragten vom Boden auf wie schwarze Schlagschatten, deren oberster Rand vom Mondlicht versilbert war. Der Fremde ging wieder landeinwärts, es war eine sehr stille Nacht, die erste Frühlingsnacht, mit einem seltsamen Duft, einem Gemisch von Erde und Meer in der Luft. Er hörte jetzt ganz deutlich Ziehharmonikatöne vom Kirchenhügel, es waren zwei Instrumente, eine Musik, die sich entfernte und über die Klippen hin verklang, und eine andere, die näher kam. Der Fremde ging dem Laut nach. Schließlich kam er zwischen die großen Bretterhaufen, hier war der Boden weich von Hobelscharten und Sägespänen, seine Schritte waren nicht mehr zu hören. Die Ziehharmonika war nun verstummt, aber der Fremde hatte zwei schwarze Gestalten erblickt, die an den aufgestapelten Brettern vorbei dem Wasser zugingen. Es war ein junger Bursch mit einer Ziehharmonika an einem Riemen über der Schulter und ein junges Mädel – es waren Ann-Mari und Sigvard.

Sie setzten sich dicht nebeneinander auf eine Bank. Von hier hatten sie die Aussicht auf den Fluß, sie konnten die Bäume am anderen Ufer sehen, auch die Schären und den Meeresrand und das Fährhaus, das weit weg, schwarz und hoch zu brüten schien. Sie saßen ganz still, benommen von der großen Ruhe, die über der Erde lag, und dem funkelnden, zuckenden Leben oben am Himmel. Der Mond, der unter den Wolken verschwand und wieder auftauchte, das ganze gewaltige Himmelsgewölbe war doch in diesem Augenblick nur ein Spielzeug für die zwei Menschenkinder, die stumm dasaßen und sich wunderten.

Sigvard stellte die Ziehharmonika auf seine Knie, aber er spielte nicht. Der junge Bursche war ein Sonderling, ein Träumer. Alles war ganz toll und verkehrt in diesem kleinen Ort, nicht einmal die Jugend hatte die gewöhnliche unmittelbare Jugendfrische. Sie war entweder unterjocht, geduckt und mutlos, oder auch frech und bösartig – oder auch wie Sigvard ein Phantast, ein Dichter, der in Grübeleien versank und oft in unverständlicher gehobener Sprache redete. Aber dies erregte in dem kleinen Orte nicht soviel Verwunderung, als es anderswo der Fall gewesen wäre. Vor allem keine Heiterkeit. Man fand sich damit ab, daß hier alles anders sein mußte, auch die Jugend, der Frühling der Menschheit, das gehörte alles mit zu dem Fluch. Sigvard beschrieb mit der Hand einen großen Bogen.

»Siehst du, wie eingeschlossen wir sind, Ann-Mari,« sagte er, »innerhalb des Horizontes ist nichts anderes als das Fährhaus und ein winzig kleines Stückchen Welt, die Bäume dort drüben, ein bißchen Meer und die Schären. Sonst nichts. Keine anderen Menschen. Ich weiß wohl, daß das Leben dort draußen groß und reich ist. Aber wenn ich hier daheim sitze und daran denke, dann habe ich das Gefühl, daß all das andere so weit weg ist, so schrecklich weit weg, Ann-Mari.«

»Das ist, weil die anderen Menschen glücklicher sind als wir«, sagte Ann-Mari. »Wir haben immer nur an etwas Schlimmes zu denken. Jedesmal, wenn ich morgens erwache, weiß ich, daß ich etwas zu fürchten habe. Oft kann ich nicht herausfinden, was es ist, aber ich weiß doch, daß mir vor etwas bangt. Und ich kann stundenlang herumgehen und darauf warten, und dann kommt es. Ich glaube nicht, daß es den anderen Menschen dort draußen so ergeht. Darum fühlen wir uns so einsam, glaube ich, weil es von denen, die unglücklich, zu denen, die ein bißchen glücklich sind, so furchtbar weit ist.«

Sigvard fingerte verlegen über die Klaviatur seiner Ziehharmonika.

»Aber wenn du an ... an uns zwei denkst?« fragte er.

»Sigvard, ich will es dir sagen, dann werde ich sehr froh, aber nur für einen kleinen, kleinen Augenblick.«

»Wir werden es schon schaffen«, sagte Sigvard ernst. »Auch wenn Vater noch so sehr dagegen ist. Ich kann mir mein Brot schon selber verdienen.«

»Ja, aber es ist nicht nur das. Aber wenn ich daran denke, daß auch wir hier so weiter herumgehen sollen, fühle ich mich schrecklich unglücklich. Davor ist mir wohl oft bange gewesen, ohne daß ich es wußte.«

»Wir werden schon draußen in der Welt zu Menschen finden, die glücklicher sind«, erwiderte Sigvard.

Er blieb ein Weilchen still sitzen. Dann fügte er hinzu: »Heute habe ich viel über das Schiff nachgegrübelt, das verschwunden ist.«

»Weil es zwanzig Jahre her sind?«

»Nicht so sehr deshalb, als weil alle Menschen heute mehr davon gesprochen haben als sonst. Mir scheint, jedesmal wenn sie davon sprechen, werden sie immer noch bösartiger gegeneinander. Und da muß man ja darüber nachdenken, was eigentlich an der ganzen Sache ist. Weder du noch ich haben das Schiff gesehen, Ann-Mari. Jetzt habe ich die wunderliche Vorstellung, daß es gar nicht dagewesen ist.«

Ann-Mari sah ihn erschrocken an.

»Aber Sigvard!« sagte sie vorwurfsvoll.

»Ja, siehst du!«

Wie alle einfachen Menschen, die sich ihre tiefen Grübeleien nicht klarmachen können, suchte auch Sigvard sich mit Zeichen zu helfen. Er führte die zwei Zeigefinger hoch oben in der Luft zusammen, trennte sie dann wieder und beschrieb einen großen Bogen, worauf sich die Finger tief unten wieder trafen.

»Weißt du noch,« fuhr er fort, »als wir zur Konfirmation gingen, da sprach der Pfarrer von Geistern und Gespenstern. Davor braucht man nicht bange zu sein, sagte der Pfarrer. Selbst wenn wir ein Gespenst sehen, so existiert es nicht, es ist nur eine Furcht, ein Beben in unserer eigenen Brust, das Gestalt angenommen hat. Ja, ich weiß nicht, wie ich es erklären soll, Ann-Mari, aber vielleicht ist dieses Schiff auch nur ein Gespenst, vielleicht ist es nur aus den bösen Gedanken der Menschen entstanden.«

Ann-Mari sah von ihm weg. Plötzlich sagte sie: »Jetzt ist Licht in den Fenstern des Fremden. Er sah so unruhig und unglücklich aus, dieser Mann, er sei so müde, sagte er, aber siehst du, jetzt kann er nicht mehr schlafen.«

»Vielleicht will er nur ein bißchen lesen«, meinte Sigvard.

»Nein,« sagte Ann-Mari, »er geht im Zimmer auf und ab, das Licht bewegt sich ja von einem Fenster zum anderen.«

Plötzlich fuhr sie auf: »Nein, was war das?«

Beide hatten dasselbe gehört. Sie sprangen von der Bank auf und blickten in die tiefe Dunkelheit zwischen den Holzstößen. Da hörten sie rasche Schritte, die sich entfernten.

VII. MIT DER AXT ...

Die Schritte verloren sich nach dem Dorfe zu. Die beiden jungen Menschen standen da und sahen einander an.

»Da hat jemand gehorcht«, flüsterte Ann-Mari.

Sigvard antwortete nicht. Er spielte ein paar Tonfolgen auf der Harmonika, gleichsam eine Botschaft an den Horcher, daß das Ganze ihm völlig gleichgültig war.

Wieder setzten sie sich auf die Bank, diesmal enger aneinandergeschmiegt. Ann-Mari schmeichelte ihre Hand unter den Arm des Jünglings. Die Störung hatte sie nur noch vertrauter gemacht.

Ann-Mari flüsterte:

»Wenn jemand gehört hat, was du da sagtest, dann klatscht er morgen vielleicht. Und dann lachen dich die andern aus.«

»Was liegt mir daran«, antwortete Sigvard niedergeschlagen.

»Du weißt ja, alle Menschen finden, daß du so wunderlich sprichst. So ausstudiert. Ja, ich finde das ja nicht. Ich höre dir immer so gerne zu.«

»Ich habe ja auch schon beinahe niemand anderen mehr, mit dem ich reden könnte, Ann-Mari.«

»Und es heißt bei den Leuten, daß wir draußen im Fährhaus alle so sonderbar werden.«

Eine Weile saßen sie schweigend da. Dann sagte Sigvard:

»Da denken sie wohl vor allem an Signe.«

»Ja«, meinte Ann-Mari zögernd. »Gewiß denken sie hauptsächlich an meine Mutter.«

Signe, so wurde die Hellsichtige immer genannt. Auch Ann-Mari sprach oft als »Signe« von ihr. Es ist auf dem Lande und in kleinen engen Gemeinwesen so der Brauch. Die unehelichen Kinder dürfen den Mutternamen nicht entweihen, indem sie sich seiner bedienen. Wenn jemand zu Ann-Mari »deine Mutter« sagte, so lag immer ein Stich darin. Ein Versuch, zu beleidigen.

»Ja, Signe ist wunderlich«, sagte Sigvard nachdenklich. »Warum spricht sie denn so selten, sie ist doch nicht stumm?«

»Das habe ich mir so zurechtgelegt«, sagte Ann-Mari mit kindlichem Eifer. »Weißt du, wenn sie nicht spricht, dann braucht sie ja auch keine harten, bösen Worte zu hören. Ich kann mich an sie gar nicht anders erinnern, als wie sie jetzt ist. Still und stumm.

Aber sie wird wohl einmal anders gewesen sein, als ich noch ganz klein war. Es war ja eine solche Schande für die Familie, daß ich auf die Welt kam. Und in der ersten Zeit hat sie wohl jedesmal, wenn sie nach etwas fragte, eine bissige Antwort bekommen. Oder eine spöttische. Und da hat sie lieber ganz still geschwiegen. Ich glaube, sie hat es sehr schwer gehabt, die Mutter. Aber jetzt nicht mehr. Sie hat es nicht gut, aber auch nicht schlecht. Sie lebt ganz für sich. Es ist, als ob sie die ganze Zeit träumte und gar nicht mehr unter uns anderen erwachen möchte. Ab und zu einmal spricht sie zu mir, wenn niemand dabei ist. Heute in aller Frühe zog sie mich an sich, sie war so furchtbar eifrig, so als wollte sie mir eine unerhörte Neuigkeit erzählen. Ann-Mari, sagte sie, jetzt kommt der Frühling zum letztenmal. Und dabei war sie strahlend froh. Ist das nicht schön?«

»Signe ist eben hellsichtig«, sagte Sigvard mit großem Ernst.

»Hellsichtig, was ist das eigentlich?«

»Hellsichtige Leute«, sagte Sigvard, »können Dinge sehen, die wir nicht sehen können.«

»Können sie auch künftige Ereignisse ahnen?«

»Das auch.«

»Dann ahnt sie vielleicht jetzt etwas. Es muß etwas Freudiges sein, denn ich habe sie selten so glücklich gesehen.«

Sigvard starrte eine Zeitlang stumm zum Sternenhimmel empor. Dann sagte er plötzlich:

»Denk nur, wenn dein Vater zurückkäme!«

Ann-Mari schmiegte sich ängstlich an ihn. Mit Tränen in der Stimme sagte sie:

»Nicht, Sigvard, nicht! Du darfst das nicht glauben. Darum habe ich ja solche Angst davor, daß wir hierbleiben. Dann wirst du auch von dem Fluch angesteckt.«

Mit selbstbewußter Überlegenheit und ungeheuer abweisend antwortete Sigvard:

»Nein, nein! Ich weiß, daß das Schiff untergegangen ist und daß alle längst tot sind.«

Er wies hinauf zu den Sternen.

»Vielleicht sind alle unsere Toten dort oben. Wenn ich die Augen halb schließe und lange hinaufstarre, kann ich zwischen den Sternen undeutliche Gesichter sehen. Und wenn ich von Stern zu Stern Schnüre ziehe, so werden Schiffe daraus. Schiffe, die so luftig und leicht gehen, daß es eine Lust ist. Siehst du die zwei Sterne dort oben, Ann-Mari? Die funkeln wie Katzenaugen im Dunkel. Wenn ich eine Schnur von ihnen zu dem roten Stern dort unten ziehe, dann ist das der Bogen des Besansegels der ›Glücksprobe‹, so wie ich es auf dem Bilde gesehen habe. Und dort drüben diese Wolke, das ist das Großsegel in einer scharfen Brise. Und dann der Bug, sieh nur, der feine schwarze Bug mit dem Schaum ringsherum ... er starrte benommen: wie seltsam es ist, die Brigg füllt förmlich den ganzen Himmel aus. Aber sie kommt auf uns zu.«

Ann-Mari packte ihn heftig am Arm.

»Laß uns jetzt heimgehen«, sagte sie. »Es ist sehr spät. Morgen müssen wir früh aufstehen.«

Er protestierte.

»Nein. Nein. Heute ist ein so schöner Abend. Wenn du morgen müde bist, werde ich für zwei arbeiten.«

»Aber Kaisa?«

»Kaisa traut sich nicht, dir etwas zu tun, wenn ich in der Nähe bin«, sagte Sigvard stolz.

Er zog sie an sich.

»Daß jemand es übers Herz bringt, gegen dich böse zu sein, das kann ich gar nicht begreifen. Aber ich verlasse dich nie, Ann-Mari.«

»Nie«, wiederholte sie.

»Nein, nie. Und wenn ich daran denke, daß ich dich nie verlasse, durchzuckt mich ein Freudenschauer.«

Er löste behutsam seinen Arm aus dem ihren und begann zu spielen, sehr gedämpft, aber doch mit Halten, Fiorituren und Tremolos – das war das Lied von Ann-Mari, das er selbst gedichtet und in Töne gesetzt hatte. Sigvard war nicht allein ein Träumer, sondern auch ein Dichter und Sänger. Das Lied von Ann-Mari war nicht wie eine jener kecken, wehmütiglustigen Seemannsweisen, es war nur traurig, sehnsüchtig, schmerzlich.

*

Der Fremde, der hinter dem Bretterstapel gestanden und einen Teil des Gesprächs der beiden belauscht hatte, schritt rascher heimwärts als er ausgegangen war. Er hatte von dem Licht in seinen Fenstern gehört. Jetzt sah er es selbst. Ein rotes Blinken, das ein bißchen stillstand und sich dann zu dem anderen Fenster hinbewegte und dann wieder zurück.

Als er zum Gartenstaket kam, sah er, daß das Türchen offen stand, so wie er es verlassen hatte. Aber die kleine Tür in der Bretterwand war zu. Hier blieb er nachdenklich stehen. Da er ganz genau wußte, daß er sie hatte offen stehen lassen, mußte er sich ja sagen, daß jemand ihm gefolgt war. Ob die Tür wohl von innen versperrt war? Er drückte behutsam auf die Klinke. Nein, versperrt war sie nicht. Er schlich sich hinein.

Mit äußerster Vorsicht ging er die Treppe hinauf, aber es ließ sich nicht vermeiden, daß seine Schritte auf dem alten Gebälk, das von den Schritten von Jahrhunderten abgenützt war, ein leises Knarren hervorriefen. Als er in sein Zimmer kam, zündete er die Kerze an. Bei der Tür blieb er stehen und sah sich um. Dem Anscheine nach war alles unberührt. Dort drüben das Bett, wie er es verlassen. Da der Tisch mit einigen Büchern, die er aus dem Koffer genommen hatte. Auf dem Tisch die Kerze im Leuchter. Er zündete die Kerze mit seinem brennenden Schwefelhölzchen an.

Ja. Da standen seine Koffer auf dem Boden, der größere unten, der kleinere oben. Er hob den kleinen Koffer und sah ihn sich näher an. Probierte das Schloß, es war versperrt. Aber dann erregte etwas seine Aufmerksamkeit. Er nahm das Licht näher zum Koffer hin und ließ es auf dessen blinkende Silberbeschläge leuchten. Dann stellte er die Kerze auf den Boden und nahm seine Schlüssel heraus. Er öffnete den Koffer mit einem der kleinen Schlüsselchen, aber sehr langsam und zögernd. Mit der Hand wühlte er ein wenig den Inhalt durch, dann verschloß er den Koffer wieder. Aber die ganze Zeit war er sehr versonnen.

Als er den Koffer auf seinen Platz zurückgeschoben und die Kerze auf den Tisch gestellt hatte, blieb er ein Weilchen wie ratlos stehen. Plötzlich griff er sich mit beiden Händen an den Kopf und stöhnte:

»Du großer Gott! Du großer Gott!«

Dann fing er wieder an im Zimmer auf und ab zu gehen, aber von Zeit zu Zeit blieb er stehen und wiederholte denselben Ausruf: »Du großer Gott!« Dann nahm er einen Stuhl und setzte sich ans Fenster. Er stützte den Kopf in die Hand und blickte hinaus. Das Fenster war offen.

*

Tief unten in dem großen Haus war irgendwo das Schlafzimmer der Fährleute. Das alte Ehepaar war noch nicht eingeschlafen, sie lagen in dem großen Himmelbett nebeneinander. Von einem der runden kleinen Fensterchen war der Vorhang zurückgezogen, so daß der Sternenhimmel draußen zu sehen war. Aber das nächtliche

Licht des Himmels konnte die tiefe Finsternis in den Ecken des Zimmers nicht erhellen. Durch das alte Gebälk des Hauses drang ein Laut von oben, Seufzer auf Seufzer, wie Wassertropfen, die in weiter Ferne fallen, das waren die Schritte des Fremden. Die Fährleute sagten nichts, sie lagen völlig in Finsternis begraben da, aber es war in dieser vollkommenen Stille doch etwas Unbestimmbares, das gleichsam ihre lauschenden Ohren und ihre offenen, starrenden Augen verriet.

Jetzt hörte das Geräusch der Schritte auf.

Johannes Stimme ertönte aus dem Dunkel:

»Er ist zu Bett gegangen!«

Kaisa flüsterte:

»Das glaube ich nicht. Er hat sich niedergesetzt. Oder auch er steht und horcht. Sprich leise.«

»Ob er wohl etwas gemerkt hat?«

»Was sollte er merken?«

»Daß du versucht hast, den Koffer zu öffnen.«

»Das kann er nicht sehen.«

Eine kleine Pause. Dann wieder Kaisa:

»Es ist Geld im Koffer. Gold. Sonst könnte er nicht so schwer sein.«

»Dann muß es viel Gold sein«, sagte Johannes.

»Warum ist er hergekommen?« fragte Kaisa.

»Ich habe dir doch schon gesagt, das kann ich nicht wissen.«

»Ich bin sicher, daß es niemanden gibt, der nach ihm fragen wird. Niemand wird nach ihm suchen. Niemand wartet auf ihn. Niemand wird nach ihm fragen. Er verbirgt sich. Warum kommt er sonst in solch einen öden Ort!«

Plötzlich sagte Johannes weinerlich:

»Ich bin ein schwacher alter Mann, und er ist jünger als ich.«

»Dazu braucht man keine Kraft«, antwortete Kaisa.

Dann war es lange still. In dieser Stille hörte man ab und zu ein Stöhnen von Johannes. Aber es war etwas Seltsames in dieser Stille, in diesem Dunkel, etwas furchtbar Drückendes, etwas wild Grüblerisches.

Plötzlich fragte Johannes:

»Was sagtest du, Kaisa?«

»Ich sagte nichts.«

40

»Doch, ich habe es gehört«, fuhr Johannes in wilder Verzweiflung fort. »Ich hörte deutlich, wie du sagtest: Mit der Axt ... Das hast du gesagt, Kaisa!«

Kaisa antwortete nicht.

Nun begann der Tag durch das runde Fenster zu dämmern, ein gelbes Auge, das zu ihnen hineinstarrte, und in dem Licht dieses gelben Auges wurden das Himmelbett und die alten Fährleute sichtbar.

VIII. SIGNE UND DER FREMDE

Der nächste Morgen war ein Sonntag. Auch in solch einem kleinen Ort kann man dies an so manchem merken. Ein Mädchen geht in frisch geplättetem Kleid vorbei, ein Fischer sitzt in blendend weißen Hemdärmeln am Gartenstaket und streicht die Stäbe grün an, aus den Häuschen dringen Menschenstimmen, die Leute sind daheim, der Schornsteinrauch ist blau und fein von gutem Kaffee. Auch das Wetter ist sonntäglich geputzt, ein ungewöhnlich früher Frühlingstag, ein durchsichtiges Licht, das die fernen Höhen näher bringt – weit draußen kann man die äußersten schaumbefransten Schären so deutlich wie durch einen Feldstecher sehen. Der Gang zum Bethaus beginnt früh. Es ist erstaunlich, wie viele abstechende Menschentypen in solchen kleinen Orten zum Vorschein kommen, wenn die Leute sich außerhalb ihrer Behausungen zeigen, wie viele Bresthafte und Verkrüppelte und vor allem wie viele Alte. Es sah aus, als hätte die Zeit sich in diesen Menschen festgesetzt, die in der salzigen Luft des Meeres nur langsam verwittern. Auch war es seltsam, wie rasch die Prozession zum Bethaus sich bildete, als nur erst der Anfang gemacht war: Da kam eine alte Frau aus ihrer Tür, schwarz gekleidet, das Psalmbuch in den Fäustlingen. – Das war das Signal, die Leute hatten hinter ihren Gardinen gestanden und gewartet, nun mit einem Male humpelten Gestalten aus allen Türen, und ganz von selbst bildete sich der Zug. Zwei oder drei gingen zusammen – und nicht nur die Alten, auch die Jüngeren hatten sich diesen gebrechlichen Gang angewöhnt, diesen ganz besonderen, geduckten Kirchengang, der für einfache, zurückgezogene Menschen charakteristisch ist, wenn sie sich dem Gotteshaus nähern. Zumeist waren es Frauen, alle in Schwarz sorgsam herausgeputzt – Hüte, Mäntel, Kapuzen, Galoschen, Samtbänder, Seidenbinden, alles in Schwarz. Ein Hauch von auf dunklen Dachböden aufbewahrten Truhenkleidern. Diese Prozession, die an sich so düster war, warf gleichsam einen Schatten mitten in den Sonnenschein. Und von ihr verbreitete sich ein Gemurmel von Seufzern und Traurigkeit, eigentlich war es nur das Wort ja, aber in verschiedenen Modulationen, ja, ja, ja und mit dem Zusatz »ach«: jajaja, ach ja. Als der Zug am Fährhaus vorbeikam, wurden alle verdächtig still.

Im Fährgasthaus hatten die Frauen schon das Haus für den Tag instand gesetzt. Während die Kirchenbesucher vorbeipassierten, stand Kaisa an einer der kleinen Fensterluken und guckte hinaus, hinter der blauen Gardine verborgen. Das Licht traf ihr Gesicht und zeichnete ihr Profil gegen die braunen Balken. Ein scharfgeschnittenes, vogelähnliches Profil. Es war etwas nachdenklich Spähendes in ihren Augen, nicht unähnlich den Raubvogelaugen, die hoch oben vom Horst zu den Tiefen der Menschen hinunterspähen. Während die Leute vorbeigingen, nannte sie ihre Namen, flüsternd, für sich selbst, einen nach dem andern, sie zählte ihre Feinde.

Überall im Fährhaus war es düster und halbdunkel. Auch wenn der Tag draußen im Sonnenlicht funkelte. Das ursprüngliche alte Gebäude hatte wenige und ganz kleine Fensterchen, die obendrein noch tief drinnen im Gebälk saßen, wie Luken in Schloßmauern. Überdies waren die Zubauten im Laufe der Jahrhunderte nur ganz zufällig an das alte Haus angeklebt, oft die wenigen Zugänge von Licht und Luft, die noch vorhanden waren, verrammelnd. In der Wirtsstube standen Truhen und Tische aus dunklem, verräuchertem Holz, der einzige Schmuck der Wände war eine Reihe von Zinntellern.

Kaisa trat vom Fenster weg.

»Jetzt gehen sie ins Bethaus, um uns Wirtsleute zu verfluchen«, sagte sie.

Ein grauer Schatten löste sich aus einem der tiefsten Winkel der Stube. Das war Johannes, der dort drinnen ein wenig geschlummert hatte.

Kaisa fuhr fort:

»Ich habe es ihnen angesehen, was sie im Schilde führen. Sie waren alle ganz mäuschenstill, als sie hier vorbeigingen. Manchmal hört man aber mehr aus einer Stille als aus einem Lärm. Die Blicke, die sie herwarfen, waren deutlich genug, Bosheit und Schadenfreude. Jetzt fangen sie drüben im Bethaus an, auf uns loszuziehen. Weißt du, was das bedeutet, Johannes? Das ist der Bettelstab, der uns gereicht werden soll.«

Johannes versuchte seine Pfeife anzuzünden, aber seine Hände zitterten, die Hölzchen verloschen eins nach dem andern.

»Wir haben doch Geld genug,« sagte er endlich sehr leise, »in der Truhe oben.«

»Geld, wir?« fiel sie scharf ein, es klang wie ein Schrei. »Nennst du das unser Geld! Das ist Geld, das einmal seine große Bestimmung erfüllen wird. Warum siehst du mich so an?« fragte sie plötzlich. »Hast du ein schlechtes Gewissen? Dein Blick weicht in letzter Zeit immer aus.«

Wieder stand sie da, die Hände vorgestreckt wie Krallen.

»Ich?« sagte der Mann zögernd. Er wandte sich ihr zu und hielt ihrem Blick stand, aber nur für eine Sekunde.

»Ich fange an, mich vor dir zu fürchten«, flüsterte er und wandte sich von ihr ab. Er schob den Riegel von der großen Tür zurück, um zu öffnen.

»Auch bei Tag?« fragte sie und lachte spöttisch. »Kannst du mit deiner Furcht nicht bis zur Nacht warten? In der Dunkelheit werden die bösen Taten vollbracht.«

Johannes schob die großen Türhälften zurück. Dort unter der Brücke lagen die Boote des Fährhauses dicht nebeneinander. Der Fluß strömte langsam und mächtig vorbei.

Im Gehen rief er zurück:

»Ich muß nach den Booten sehen.«

Kaisa trat in die Türöffnung und betrachtete den Mann, der sich unten an den Booten zu schaffen machte. Von Zeit zu Zeit hielt Johannes in seiner Arbeit inne und blieb nachdenklich mit hängendem Kopf auf der Ruderbank sitzen. Wieder lachte Kaisa.

Johannes hörte das höhnische Gelächter, aber blickte nicht auf. Vielmehr wandte er sein Gesicht dem Fluß zu. Die Schneeschmelze oben auf den Höhen hatte begonnen, der Fluß war in den letzten paar Tagen breiter geworden und hatte eine stärkere Strömung, es war ein hartes Stück Arbeit, ihn mit einem Ruderboot zu passieren. Auf dem anderen Ufer des Flusses erstreckte sich das Flachland weit hinein bis zu einem blauen Bergfirst, quer durch das Land dehnte sich der Fahrweg zwischen einer Lindenallee, deren Zweige unmerklich schwankten, wie von dem Lichtstrom bewegt, der sich funkelnd die ganze Allee hindurch abzeichnete. Am jenseitigen Ufer zog sich ein Schilfgürtel hin, und tief im Schilf war die Bootbrücke mit der Pferdefähre vertaut. So war die Landschaft hier unten rings um das Fährhaus.

Der junge Sigvard kam in das Schankzimmer und fragte nach Ann-Mari.

»Sie ist heute bei ihrer Arbeit,« sagte Kaisa unwirsch, »sie kann nicht Tag und Nacht herumstrolchen.«

»Du sollst nicht böse gegen Ann-Mari sein, Kaisa«, sagte Sigvard mit dem Ernst eines Erwachsenen, der wunderlich von seiner Jugend abstach. »Es gibt hier kein Mädel, das flinker bei ihrer Arbeit ist.«

»Sieh mal einer an, wie das Fröschlein quaken kann!« lachte Kaisa einschmeichelnd, und Sigvard fuhr wie von einem Frostschauer geschüttelt zusammen.

»Ich komme aus dem Bethaus«, sagte er nach einer kleinen Pause.

»Na, was heulen denn die dort?

»Der neue Pfarrer spricht von euch, Kaisa, und vom Wirtshaus. Er sagt, der Teufel hat seine Wohnstatt in diesem alten Hause aufgeschlagen. Und der Geist des Teufels hat auch von den Menschen Besitz ergriffen. Dieses Wirtshaus ist die Kirche des Teufels, sagt der Pfarrer. Von hier wirft der Satan sein Netz aus. Dieses Netz ist die falsche Lebensfreude. Es funkelt in den Maschen von dem blutigen Schweiß der Unglücklichen und den Tränen der Witwen. Es war schön.«

»Schön?« fragte Kaisa, indem sie mit ihren krummen Fingern auf die Treppe und den Fluß wies. »Aber du suchst ja auch dein Tagewerk hier im Netz des Teufels, obwohl du der Sohn eines Großbauern bist und es nicht nötig hättest.«

»Jaja«, sagte Sigvard sanftmütig. »Das weiß ich schon, aber ich finde doch, es war so schön gesagt. Es war, als könnte ich die Worte in meinem Herzen hören.«

Kaisa stand eine Weile still, und ihre Augen waren voll Gram.

»Vielleicht hat er trotz alledem recht, der neue Pfarrer,« sagte sie leise, »da wo der Allmächtige zurückweicht, macht er dem Teufel Platz. Menschen, die von Gott verlassen sind, werden leicht die Beute des Bösen. Aber der Böse ist auch ein mächtiger Herr. Wir werden sehen.«

Im selben Augenblick öffnete sich die Straßentür, und der fremde Gast trat ein. Er rief einen guten Morgen in die Stube und versuchte fröhlich zu lächeln, aber es wurde nur ein ängstliches, verlegenes Lächeln. Er hustete und zog seinen grauen Mantel über der Brust zusammen. Seine Wangen waren blaß, Haar und Bart ungepflegt, als hätte er sich am Morgen nicht gewaschen.

»Friert Ihr?« fragte Kaisa. »Dann kann Sigvard einheizen.«

Der Fremde warf einen scheuen Blick auf die Feuerstelle, in der nur ein paar halbverbrannte Klötze vom vorigen Abend lagen.

»Ja, danke«, erwiderte er. »Ich friere wirklich. Seltsam. Ich bin die ganze Zeit in der Sonne gegangen, aber der Sonnenschein erwärmt mich nicht. Es ist, als bliese er nur kühl durch mich durch, ohne zu wärmen.«

Er setzte sich an den großen Tisch und rieb sich die langen frostigen Handflächen.

Kaisa verschwand in die Küche, wo sie ärgerlich und ungeduldig nach Ann-Mari rief. Der Fremde fragte:

»Kommt der Lotsenälteste auch heute abend her?«

»Wahrscheinlich«, antwortete Sigvard vom Kamin her. »Er heißt übrigens Andersen.«

»Andersen, soso.«

»Wissen Sie das nicht? Und er kommt jeden Sonnabend und Sonntag her.«

»Dann treffe ich ihn wohl.«

Sigvard warf zaghaft hin:

»Sie sind wohl so lange in den heißen Ländern gewesen, daß Sie hier oben beständig frieren müssen.«

»Im Süden sind die Häuser aus Stein gebaut,« antwortete der Fremde, »und es gibt dort unten manche, die eine stete, unausrottbare Kälte in ihren Mauern haben, wie Grabkammern. Grabkammern werden immer kälter. Vielleicht mit jedem Jahrzehnt nur ein wenig, ganz unmerklich wenig kälter, aber doch kälter, in alle Ewigkeit immer kälter und kälter.«

Ann-Maris Stimme rief aus der Küche nach Sigvard, und er ging sogleich zu ihr hinaus. Bald kamen die beiden wieder herein. Ann-Mari deckte den obersten Teil des Tisches, an dem der Fremde saß, Sigvard blieb daneben stehen und wartete, ein Kaffeeservice behutsam in den Armen haltend. Sowie das Tuch mit großer Sorgfalt ausgebreitet war, machte Sigvard Miene, die Kaffeekanne niederzustellen, aber Ann-Mari hielt ihn mit einem vorwurfsvollen Blick zurück, eine ärgerliche Röte stieg ihr in die Wangen – wie konnte er sich erlauben! Ein Stück nach dem andern nahm sie ihm aus den Armen, Tassen, Teller, Butter und die Kanne, es war, als nehme sie alles von einem stummen Diener, hier waren die Arbeitsgebiete schon streng abgegrenzt. Sie deckte den Tisch zierlich mit weiblicher Anmut, und als Sigvard linkisch mit dem leeren Brett stehenblieb, drehte sie ihn um und schob ihn sanft beiseite, beunruhigt von dem Gedanken, daß seine Täppischkeit ihr Schande machen könnte. Er trabte mit dem Brett in die Küche hinaus, in seinen Bewegungen einem großen jungen Hund nicht unähnlich.

Der Fremde aß nicht viel. Er saß die ganze Zeit da und beschattete die Augen mit der einen Hand. Das blendende Frühlingslicht erfüllte das Viereck der Tür mit einer phantastischen Stickerei aus Luft und weißen Wolken. Ann-Mari merkte es und lehnte die Tür an, so daß es in dem großen Räume wieder dunkel wurde. Dann räumte sie den Tisch ab.

Der fremde Gast war nun allein im Zimmer. Durch die offene Tür hörte er Ann-Maris und Sigvards gedämpfte Stimmen. Es war ein vertrauliches Geplauder, aber ein aufmerksamer Zuhörer hätte vielleicht gemerkt, daß Ann-Maris Stimme belehrend und die Sigvards fragend und einräumend war.

Da kam Signe in das Zimmer, die Mutter, die Hellsichtige.

Sie kam vom Fluß herauf und trug einige Fischgeräte, die sie in eine Ecke legte. Der Fremde erhob sich sofort und stellte sich mit dem Rücken gegen den glühenden Kamin. Sein Kopf leuchtete weiß in dem halbdunklen Raum.

Signe ging im Zimmer hin und her, sie hatte allerlei zu ordnen.

Der Gast beobachtete sie die ganze Zeit unverwandt. Aber sonderbarerweise hatte es den Anschein, als ob Signe seine Gegenwart gar nicht bemerkte. Sie hatte nicht genickt, als sie hereinkam, und sie ging mehrere Male an ihm vorbei, ohne ihn zu sehen, obwohl sie ihn ansah.

Plötzlich rief er sie an, sagte ihren Namen leise, beinahe flüsternd:»Signe.«

Sie hielt einen Augenblick in ihrer Tätigkeit inne und stand lauschend da, aber arbeitete dann nur um so emsiger weiter. Da rief er sie wiederum, diesmal lauter:

»Signe,« sagte er, »ich bin es.«

Sie wandte sich dem Kamin zu und legte die Hände, diese mageren, arbeitsamen Hände, angstvoll an ihre Brust. Sie starrte ihn an, aber sie sah ihn nicht. Ihre Augen, die einen weißschimmernden, fischartigen Glanz hatten, sahen durch ihn hindurch, als ob er nichts Lebendes wäre, sondern nur ein tieferer Teil der Dunkelheit, die die Flammen des Kamins durchglühten. Dann beendete sie ihre Arbeit und verließ still das Zimmer.

IX. DER LOTSENÄLTESTE
BEKOMMT BESUCH

Im Laufe des Tages traf der fremde Gast mit dem Pfarrer zusammen.

Der junge Pfarrer war noch nicht sehr lange im Amte, er nahm großes Interesse an den Verhältnissen und wollte offenbar gerne wissen, was dieser fremde Mann hier zu tun beabsichtigte. Der Geistliche mußte wieder in sein Hauptkirchspiel zurück und schlenderte jetzt auf der Brücke herum, auf sein Boot wartend.

»Ich frage nicht aus Neugierde,« sagte er, »aber vielleicht kann ich Ihnen in der einen oder anderen Weise beistehen.«

In das Gesicht des Fremden trat ein wunderliches Lächeln, ein verlegener, eigentlich ein verschüchterter Ausdruck.

»Ich bin nur hergekommen, um mich auszuruhen,« erwiderte er, »aber vielleicht reise ich bald wieder ab, ich weiß nicht recht, ich habe eine solche Unruhe im Blut.«

»So ist es oft mit denen, die weit umherreisen«, sagte der Geistliche.

»Weit umher,« murmelte der Fremde, »ja, das ist richtig. Aber dennoch ist es, als wäre ich noch lange nicht dorthin gekommen, wo ich hin soll.«

Er sah sich scheu um, vielleicht spürte er all die neugierigen Augen, die hinter den Gardinen und Fensterblumen nach ihm ausguckten.

»Ich weiß bestimmt,« fuhr er fort, »daß ein Ort wie dieser mir oft im Sinn gelegen hat, wenn ich mich müde und verbraucht fühlte, ein Ort, wo es selig sein könnte, auszuruhen. Aber jetzt, wo ich hergekommen bin, glaube ich doch nicht am Ziele zu sein. Es ist seltsam.«

»Die ewige Unruhe des Menschen«, sagte der Pfarrer, indem er den Fremden mit Anteilnahme betrachtete. Der Fremde hatte nicht allein einen abstechenden Sprachton, sondern führte auch sonderbare Reden. Sein Gesicht mit dem weißgrauen Haar und Bart hatte gleichsam kein Alter. In einem Augenblick strahlte ein vollkommen jugendliches Antlitz durch die Alterszeichen, im nächsten war alles von der Schwermut des Alters überhaucht. Dieses beständig Wechselnde vertiefte das Unbekannte und Fremdartige seiner Erscheinung. Er sah sich in einer gewissen lauernden Weise um, er atmete die Luft mit zurückgeworfenem Kopf, beinahe tierisch ein, wie ein Hund, der ganz unbekannte Gegenden beschnüffelt, er schien verwundert über seine eigene Gegenwart zu sein.

»Wie befinden Sie sich im Fährhaus?« fragte der Geistliche.

»Gut«, antwortete der andere zurückhaltend.

Der Pfarrer wollte den Gegenstand noch nicht fallen lassen.

»Die ältere Frau regiert eigentlich das Haus«, sagte er. »All die anderen beugen sich ihrem starken Willen. Haben Sie bemerkt, daß sie etwas Zigeunerhaftes an sich hat? Ich weiß nicht warum, sie erinnert mich an die Hexenprozesse früherer Zeiten. Vielleicht hat sie hypnotische Gaben. Ihre Macht über andere ist groß. So ist es oft mit Leuten, die von einer fixen Idee besessen sind. Ich kenne sie noch nicht lange, auf mich wirkt sie etwas unheimlich. Aber ich habe gehört, daß sie früher einmal eine überaus achtbare und arbeitsame Frau war.

»Warum kann man das jetzt nicht mehr von ihr sagen?«

Der Pfarrer schüttelte den Kopf.

»Sie ist ein Fluch für die ganze Gegend geworden,« sagte er, »sicherlich, ohne es zu wollen, das unglückliche Wesen. Ihr Wirtshaus richtet alles hier im Umkreis zugrunde. Sie sieht ja selbst ganz gut, wie all die kleinen Häuslichkeiten im Umkreis unter der Trunksucht der Männer und der Jugend leiden. Es ist ihre fixe Idee, daß sie Taler um Taler für den Sohn Andreas zusammenscharren muß, den sie zurückerwartet. Sie ist von diesem Gedanken nicht loszukriegen. Ein wahnwitziger Gedanke! Der Sohn ist vor zwanzig Jahren mit einem Schiff verschwunden, das mit Mann und Maus untergegangen ist. Niemand hat seither etwas von dem Schicksal des Fahrzeugs gehört. Es ist sonderbar, wie dieses Schiff, das den Menschen zum Segen gereichen sollte, ihnen anstatt dessen zum Fluch wurde. Die Leute können nicht davon los.«

Der Pfarrer deutete auf das große Fährhaus, das in der einfallenden Dunkelheit gleichsam größer zu werden schien.

»Von da geht das ganze Unheil aus«, sagte er. »Die alte Frau hat in ihrem verzweifelten fanatischen Glauben auch das Schicksal ihrer Umgebung an das alte Abenteuer gekettet. Es lähmt alle, es macht die Leute bösartig, gehässig, lebensunfähig. Eigentlich glaubt ja niemand außer ihr mehr an eine solche Möglichkeit. Und doch … und doch …«

Der Pastor lächelte bitter.

»Es ist ja mein Amt, Glauben und Zweifel zu prüfen«, fuhr er fort. »Ich muß mich oft selber fragen: Wie weit ist es bis zur Gewißheit? In diesem Falle müßte sie ja längst erreicht sein. Und dennoch. Es bleibt eine kleine Hoffnung zurück, die unausrottbar ist. Diese Hoffnung wird immer geringer und ist jetzt eigentlich unfaßbar klein. Aber zwischen dieser winzigen Hoffnung und der Gewißheit klafft doch ein Abstand, der weltenweit ist.«

»Aber warum ihnen diese kleine Hoffnung nehmen?« wendete der Fremde ein. »Heißt das nicht, sie in den Abgrund der Hoffnungslosigkeit stürzen?«

»Aber es ist notwendig,« erwiderte der Pfarrer ernst, »das falsche Leben muß weichen, um dem neuen Platz zu machen.«

Er wies auf zwei junge Menschen, die unten auf der Brücke auf und ab schlenderten. Es waren Ann-Mari und Sigvard.

Ein heller Klang kam in die Stimme des Pfarrers.

»Sehen Sie, da ist die Jugend, die das Leben von vorne beginnen soll,« sagte er, »ich kenne nichts so hinreißend Junges, von so hellem Sinn, solchem Lebensmut wie dieses junge Mädchen. Der Junge ist ein rechter Träumer. Ich spreche oft mit ihnen. Sie haben beide die starke Empfindung, daß sie hier in etwas stecken, von dem sie sich losmachen müssen. Aber bei der Besorgnis des Mädchens für ihre Mutter und dem verträumten Sinn des Jungen scheint mir ihr Schicksal schon besiegelt: in einiger Zeit gibt es ein paar wunderliche Menschen mehr in diesem unheimlichen Hause. Haben Sie mit Signe gesprochen?« fragte der Geistliche plötzlich. »Das ist die Mutter dieses jungen Mädchens.«

Der andere nickte.

»Sie lebt vollständig in der Welt der Phantasie.«

»Ich versuchte sie kürzlich anzusprechen,« sagte der Fremde, »aber sie schien mich gar nicht zu sehen. Und wir waren uns doch so nahe wie Sie und ich jetzt. Und sie sah mich auch an, aber es war, als ob ich gar nicht vorhanden wäre.«

»Das ist oft so«, sagte der Pfarrer. »Sie tut, als sähe sie die Lebenden nicht. Aber der Aberglaube behauptet, daß sie die Toten sehen kann.«

»Was wissen wir eigentlich von den Lebenden und den Toten?« sagte der Fremde. »Wir wissen vielleicht gar nicht, wer lebt und wer tot ist. Ich habe oft das Gefühl, daß mein Leben nur ein geisterhaftes Traumdasein ist. Die Erinnerung an das Erlebte weicht zurück und steht da, beleuchtet von einem unendlich fernen Sonnenuntergang, der einer anderen Welt anzugehören scheint ... es kommt vor, daß ich eine Frau sehe, die sich ganz weit weg lautlos vorwärtsbewegt, von einem bläulichen Lichtschleier umwogt. Ich denke: sie ist tot. Eines von uns ist tot. Was wissen wir, vielleicht vermischen sich die tote und die wirkliche Welt.«

Er hielt inne. Der Pfarrer sah ihn beunruhigt an. Erst jetzt bemerkte er, wie auffallend bleich der Fremde war, diese Totenblässe der feuchten Stirn war so plötzlich gekommen, daß der Geistliche sich zitternd fragte, wie es nur möglich sein konnte, daß er das vorher nicht bemerkt hatte. Er nahm ihn liebreich unter den Arm und führte ihn weiter.

»Machen wir uns ein bißchen Bewegung«, sagte er. »Die Abendluft ist scharf.«

Der Pfarrer meinte vielleicht, daß der Fremde krank sei und daß dieses Gespräch über den Tod und das Leben ihn peinlich berührt habe.

»Ist es nicht richtig,« fragte er,»daß alle Verhältnisse im Leben, die kleinen wie die großen, gemeinsame Züge aufweisen? Wenn ich nun dieses kleine Gemeinwesen hier betrachte, das durch die Belastung der Vergangenheit so schwer bedrückt ist, kann ich den Zustand ohne weiteres auf andere und größere Gemeinwesen übertragen. Da ist nicht nur ein Schiff mit dem Glück an Bord untergegangen, das die Menschen nicht vergessen können. Sondern die Ideale von Generationen, die Volksträume sind vernichtet und lassen eine ewige Leere zurück, eine verzehrende Reue: Warum? Warum? Aber im Kleinen wie im Großen handelt es sich vor allem darum, daß die Jugend, das neue Leben, das aufblüht, sich von der Sage und dem Traum losreißt und seine eigene Zeit schafft.«

Der Geistliche schien bewegt.

»Vielleicht ist es sinnlos, daß ich so zu Ihnen spreche – der Sie hier fremd sind, aber ich habe das Gefühl, daß ich hier in diesem kleinen Gemeinwesen dieselbe Aufgabe habe, die andere in größeren Verhältnissen auf sich nehmen müssen.«

Die Dämmerung senkte sich auf die Lande. Aber noch lag das Meer spiegelblank, vom Sonnenuntergang beleuchtet da. Über dem Dunkel des Flusses und des Fährhauses erhoben sich die Bergfirste, diese schon früh schneefreien Firste noch rostbraun und eisenhart vom Winter her, grell beleuchtet, kalt funkelnd, die Tannenwipfel sahen aus wie bedeckt mit Silbermünzen. Der

Sonnenuntergangswind wehte kalt, und der Fremde stellte den Rockkragen bis über die Ohren auf. Der Mantel, den er trug, war weit und aus einem grünlichen Stoff – in der Meerbrise bewegte er sich um ihn wie eine lustige Welle, so ging er langsam an der Seite des Geistlichen zwischen den dunklen engen Schuppen einher.

Aber die beiden jungen Menschen, Ann-Mari und Sigvard, waren ohne viel nachzudenken der Sonne nachgegangen, wie sie über die Bergfirste zurückwich. Endlich standen sie ganz oben, wo der Weg durch einen Einschnitt weiterging. Hier blieben sie stehen und sahen zum Fährhaus hinunter, das in der Dämmerung immer undeutlicher wurde. Lange standen sie stumm und versonnen da. Dann wandte sich Sigvard nach der anderen Seite und wies über den Weg, der durch die Kerbe führte.

»Eines Tages müssen wir diesen Weg gehen,« sagte er, »fort von hier.«

Ann-Mari wurde plötzlich ängstlich.

»Sie warten unten auf mich«, sagte sie. »Es ist Abend geworden. Der Lotsenälteste hat schon Licht in seinem Häuschen, und sieh, da geht Signe auf der Brücke.«

Es begann hier und dort in den Fenstern aufzuleuchten, und die beiden gingen talabwärts.

Der Lotsenälteste, der Witwer war und allein wohnte, hatte die Lampe in seiner Stube entzündet. Es war eine große Schiffslampe aus Nickel, die eigentlich dazu bestimmt war, an ihren Ketten von der Kajütendecke herabzuhängen, aber der er einen Fuß verfertigt hatte, so daß sie auf dem Tisch stehen konnte. Die Wohnung des Lotsenältesten war ein wunderliches Gemisch von Kajüte und Fischerhäuschen mit jener besonderen Traulichkeit, die von einer umhegten Stube draußen in den Schären immer ausgeht, wenn sie nur recht verräuchert und niedrig und voll von allerhand Geräten des Seelebens ist: Schiffstruhen, Schiffsmodellen, achteckigen Schiffsglocken und Bildern an den Wänden, die stolze getakelte Segler darstellen, die zwischen den Leuchttürmen der Küste einfahren.

Der Lotse hatte den ganzen Abend gemütlich mit seiner Pfeife dagesessen, als es ihm plötzlich schien, daß jemand kam. Nun war sein Haus so eingerichtet, daß man nicht unmittelbar durch die Haustür hereinkommen konnte, sondern zuerst einen kleinen Vorraum passieren mußte, wo allerhand Kleidungsstücke hingen, die Seemannstracht des Lotsenältesten, Stiefel und anderes Zeug.

Es kam ihm plötzlich vor, daß er jemanden dort draußen hörte. Er stand auf, legte die Pfeife auf den Tisch und horchte. Dann ging er und schloß auf. Draußen war es dunkel, die Lampe im Zimmer warf nur ein spärliches Licht hinaus. Aber er sah gleich, daß jemand dort draußen stand. Es war der Fremde, dessen bleiches Gesicht über der wogenden Weite des Mantels zu schweben schien. Nun trat er in das Lampenlicht.

»Lotsenältester?« fragte er. »Erkennst du mich nicht?«

Der alte Seemann prallte in das Zimmer zurück, aber der Fremde folgte ihm, legte ihm die Hand auf die Schulter und sagte:

»Ich bin es, Andreas, ich bin zurückgekommen.«

X. DIE TOTEN WACHEN AUF

Der Lotsenälteste wiederholte den Namen Andreas mehrere Male und starrte den Fremden leer und verständnislos an. Dann erst bemerkte der Alte, daß die Hand des Gastes auf seiner Schulter ruhte. Er schob sie behutsam weg, und die Hand glitt seinen Hemdärmel entlang. Der Lotsenälteste empfand dabei ein Unbehagen, einen Frostschauer. Eine Zeitlang standen sich die beiden Männer stumm gegenüber, und das Gesicht des Fremden verzerrte sich in einer Art von Verzweiflung. Es sauste in dem brennenden Docht der Lampe, im übrigen war es sehr still.

Aber für Seeleute und Küstenbewohner, deren Schicksal an die jähen Wechselfälle des Meeres geknüpft ist, kann das Unerwartete nicht lange ein Rätsel bleiben. Nichts ist auf die Länge unglaublich, daher das Starren zum Horizont nach längst verschwundenen Kameraden. Leute können ein halbes Menschenalter und länger wegbleiben und dann wieder heimkommen, mit ergrautem Haar und ausgestreckter Hand.

Als der Lotsenälteste sich ein wenig gefaßt hatte, war alles Nachgrübeln über das Unglaubliche des Ereignisses verflogen, und das einzige, was blieb, war die Gewißheit, daß hier Andreas stand. Das war ja Andreas, der wieder heimgekommen war. Und aus dieser Gewißheit stieg eine nebelhafte Erinnerung an das Schiff auf, das vor so vielen Jahren fortgezogen, die sinkenden Segel am Silberrand des Horizonts – und dann all die anderen, die mit an Bord waren.

Mit plötzlichem überströmenden Eifer ergriff der Lotsenälteste die Hände des anderen:

»Willkommen daheim, Andreas. Gott sei gelobt, so sollten wir doch noch einmal von euch hören!«

Er zog ihn zur Lampe hin, um ihn näher anzusehen.

Andreas konnte nicht sprechen. Es zuckte um seinen Mund, als wenn ihm in seiner völligen Ratlosigkeit die Tränen nahe wären.

»Du frierst ja, mein Junge,« fuhr der Lotsenälteste herzlich fort – er nannte ihn mein Junge, um so vieles älter war er –, »deine Hände sind ja eiskalt.«

Er drückte ihn auf einen Stuhl. Als er ihn im Schein der gelben Lampe noch eine Zeitlang angesehen hatte, sagte er verwundert:

»Nein, daß du zurückgekommen bist, das ist doch merkwürdig. Jetzt weiß ich, warum mir so wunderlich zumute war, als ich dich gestern abend im Fährhaus zum ersten Male sah. Ich muß dich doch erkannt haben, ohne es selbst zu wissen. Jetzt erkenne ich die Züge so deutlich. Du warst ja damals ein blutjunges Bürschchen, aber ich sehe dich doch noch vor mir. Der Mund. Und die Stirn. Und auch der Haarschopf, wenn er auch jetzt grau geworden ist.«

Der Lotsenälteste faßte seinen Mantelkragen.

»Und was für ein feiner Mann du geworden bist. Du bist wohl viel herumgereist? Wo bist du denn überall gewesen, Junge?«

Wieder trat in Andreas' Gesicht dieser beinahe verzweifelte Ausdruck der Ratlosigkeit. Er antwortete:

»Ja, ich bin viel herumgereist. Aber ich sehe alles nur wie durch einen undeutlichen Nebelschleier. Vielleicht bin ich krank. Ich erinnere mich eigentlich nur an gestern abend, wie ich dort drüben am andern Flußufer stand und rief: Hol über, hol über!«

Andreas wiederholte diese Worte mit so lauter flehender Stimme, daß der alte Lotse sich unwillkürlich in der Stube umsah.

Die Stille hier drinnen war plötzlich so fühlbar, daß der Lotse sich mit der Hand über die Stirn fuhr, wie um eine unerklärliche Beängstigung zu verjagen. Nur tote Dinge starrten ihn an. Die Kuppel der Lampe war wie ein Gesicht, und das Zifferblatt war auch wie ein starrendes, abwartendes Antlitz. In dem gelben Lampenlicht trat auch in Andreas' Züge derselbe Schein.

Andreas wurde sich bewußt, daß er zu laut gerufen hatte, und er senkte die Stimme fast zu einem Flüstern:

»Nein, ich habe jetzt keine andere deutliche Erinnerung, als daß ich drüben an der Brücke im Schilf stand. Und als ich hörte, wie das Schilf in der Strömung rauschte, war es mir, als sei ich von Nirgendland dorthin gekommen.«

Er lächelte verlegen.

»Wunderlich, nicht wahr? Ich erinnere mich auch, daß ich unbeschreiblich müde nach der Reise war. Aber den Wagen, der mich hingebracht hatte, den hörte ich nicht wieder fortrollen.«

»Ich kann das verstehen,« erwiderte der Lotsenälteste, »das ist die Gemütsbewegung, wieder heimzukommen, die dich überwältigt hat.«

»Ja, vielleicht ist es so —«

Plötzlich gab es dem Alten einen Ruck:

»Wir müssen Leute rufen! Wo denke ich hin!«

Aber da packte Andreas ihn wieder mit beiden Händen an den Hemdärmeln.

»Noch nicht«, bat er inständig und mit einer unheilverkündenden Erregung in der Stimme. »Was hast du denn, Junge!« rief der alte Mann. »Du solltest sehen, bald ins Bett zu kommen. Deine Hände sind gräßlich kalt. Und warum soll ich die anderen nicht verständigen?«

»Ich muß zuerst mit dir allein sprechen,« bat der Heimgekehrte, »und außerdem habe ich Angst, mit so vielen Menschen zusammenzutreffen.«

Der Lotsenälteste blieb sitzen, aber widerstrebend. Er griff nach seinem Tabakbeutel, seine Hände tasteten unsicher, als er seine Pfeife stopfte. Doch sowie der dampfende blaue Rauch um ihre Köpfe wirbelte, fand er seine Ruhe wieder.

»Wenn ich es mir überlege, so fange ich an, dich zu verstehen. Du bist zuerst zu mir gekommen, weil du weißt, daß ich keinen Sohn oder Bruder an Bord hatte. An dieser Sache ist vielleicht manches, das vorsichtig mitgeteilt werden muß. Ich werde nicht in dich dringen. Laß dir Zeit. Wie ging es dem Schiffer?«

Andreas lehnte sich langsam in die Rückenlehne des Stuhles zurück, der Tabakrauch, der in treibenden, blauen Schwaden zwischen ihnen lag, bewirkte, daß er undeutlich wurde und gleichsam in weite Ferne rückte.

»Ich werde dir auch vom Schiffer erzählen«, sagte Andreas.

»Ist er am Leben?« fragte der Lotsenälteste.

»Nur Zeit lassen«, fuhr Andreas, in seine eigenen Gedanken vertieft, fort. »Du wirst alles erfahren. Auch vom Steuermann Johannsen.«

Das Gesicht des Alten leuchtete auf.

»Ja, der Steuermann Bertil Johannsen, der muß jetzt in meinem Alter sein.«

Andreas wiederholte verwundert »in deinem Alter« – und betrachtete das wettergebräunte, gefurchte Antlitz des Lotsenältesten genau. Und wieder kam etwas Ratloses über Andreas, als ob er den Vergleich zwischen dem Alter des Lotsen und des Steuermanns nicht recht verstünde. Aber der Alte fuhr halb für sich selbst fort: »Laß mich nun sehen ... als er wegfuhr war er ... und jetzt bin ich ... ja, ja, das stimmt –«

Andreas nannte noch einen Namen.

»Erinnerst du dich an Gustav?«

»Gustav?« – Er überlegte.

»Den kleinen Gustav von Stina auf der Schäre?« Freilich erinnerte sich der Lotsenälteste an ihn. Das war ja der kleinste Deckjunge an Bord. »Er war immer so sanft, der kleine Gustav,« erklärte Andreas, »nichts konnte ihn in üble Laune bringen.«

Und noch mehrere Namen fielen. Einige nannte Andreas, andere der Lotsenälteste.

Da war der zweite Steuermann, der lange magere zweite Steuermann mit der Narbe über den Augen von einem Messerstich, ein Sonderling war er, der höchst ungern mit jemandem sprach.

Dann der Bootsmann, der beständig damit beschäftigt war, alles mögliche zu richten und auszubessern, auch wenn es gar nicht notwendig war. Er war Erfinder und murmelte immer nachdenklich in sich hinein, über neue Erfindungen und Verbesserungen nachgrübelnd.

Dann der dicke Koch – und dann kamen die Matrosen einer nach dem andern, bis man wieder beim kleinen Gustav anlangte. Alle waren sie junge Seeleute, blond, frisch, munter. Über jeden wurde ein Wort gesagt, das sie wieder lebendig für die Erinnerung machte.

Einer nach dem andern traten sie in die Stube, die Zeit flutete lautlos zwanzig Jahre zurück, und von dem Rauchschleier umwoben standen die Gesichter der Wiedergekommenen vor ihnen, hell und sorglos lächelnd, wie damals, als sie fortzogen.

Der Lotsenälteste und Andreas redeten sich bei diesen Erinnerungen immer mehr in die Hitze, und plötzlich schien auch den Lotsenältesten die Vorstellung zu beherrschen, daß die Stube von längst Verschwundenen oder Toten bevölkert war. Er sah sich ängstlich um.

Die entferntesten Winkel der Stube lagen im Halbdunkel da. Diese Dunkelheit wurde noch dadurch verstärkt, daß die Wände mit tiefgrüner Farbe gestrichen waren, selbst die Fugen der wandfesten Tische, die lotrecht von der Decke heruntergingen, erinnerten an Streifen im Meer, wie man sie sehen kann, wenn man badet und tief hinabtaucht und von ganz unten die Augen zur Oberfläche aufschlägt. Der Alte sagte leise:

»Es ist heute abend hier so wunderlich. Es ist so, als säßen wir, du und ich, wieder an Bord in der Kajüte der ›Glücksprobe‹.«

Nie, schien es ihm, hatte seine Stube eine solche Ähnlichkeit mit einer Kajüte gehabt wie an diesem Abend. Er sah nach dem Fenster. Das war doch eine seltsam stille Nacht. Die blaue Gardine, die dicht an den Fensterrahmen anschloß, bildete eine Scheidewand gegen eine ungeheure Tiefe dort draußen.

Andreas schien einer neuen Frage vorbeugen zu wollen, denn er sagte hastig:

»Von ihnen allen werde ich dir später erzählen. Du mußt Geduld mit mir haben. Ich kann mir die Möglichkeit nicht denken, heute abend damit anzufangen. Ich bin erschöpft.«

»Ich verstehe,« gab der Alte ernst zurück, »du hast Trauerkunden zu melden.«

»Vielleicht ist es so.«

»Für alle?«

»Frage mich nicht mehr, Lotsenältester!«

»Da hast du wohl eine aufregende, traurige Aufgabe. Da mußt du gestärkt und ausgeruht sein. Ich will dich nicht quälen. Habe ich so lange gewartet, kann ich auch noch einen Tag länger warten.«

»Das können die anderen auch«, sagte Andreas. »Und für sie ist es leichter. Denn sie wissen noch nichts. Darum mußt du mir versprechen, vor morgen nichts zu sagen.«

Er sah nach dem dunklen Vorhang.

»Morgen, bei Tageslicht«, fügte er hinzu.

Der Lotsenälteste bedachte sich ein wenig, dann sagte er:

»Das verspreche ich. Aber du solltest deine Aufgabe nicht so schwer nehmen. Was du auch zu erzählen hast, es ist doch inzwischen so viel Zeit verstrichen, zwanzig lange Jahre. Was hat dich schließlich heimgetrieben? Die Stimme des Gewissens in deinem Innern?«

Andreas schüttelte den Kopf.

»Ich weiß es nicht,« erwiderte er, »ich weiß nicht, warum ich hergekommen bin. Ich weiß nur, daß irgendeine furchtbare Macht mich hergetrieben hat.«

Plötzlich durchzuckte den alten Lotsen eine neue Vorstellung, und er fragte mit unsäglichem Staunen:

»Warum hast du denn deiner Mutter nichts gesagt?«

Andreas verbarg sein Gesicht, indem er die Stirn auf die Hand stützte:

»Schone mich«, sagte er.

Der Lotsenälteste betrachtete seine lange weiße Hand und das graue wirre Haar, das an den Schläfen feucht von Schweiß war. Er machte eine Bewegung, wie um Andreas zu Hilfe zu kommen und ihn in seine Arme zu schließen.

»Du hast es nicht gut, Andreas«, sagte er »Mir ist, als hörte ich unterdrückte Tränen in deiner Stimme, wenn du sprichst. Ich bin ein alter Mann und bin in meinem Leben vielen Menschen und vielem Kummer begegnet. Ich glaube, du bist unglücklich und verzweifelt.«

Andreas antwortete nicht. Er erhob sich zum Gehen.

»Bleibst du lange daheim?« fragte der Lotsenälteste.

Da hob Andreas den Kopf und sah den andern mit einem Blick an, der vor Angst ganz weiß war.

»Nein«, erwiderte er hastig. »Ich muß wieder dort hinaus.«

Und er nahm Abschied, ohne dem Lotsenältesten die Hand zu reichen.

Als der Alte die Tür in den Vorraum öffnete und Andreas durch den dunklen Raum ging, verbreitete sich wieder jener eigentümliche Schiffsgeruch, ein Geruch von rostigem Eisen und alten Laternen, er war so durchdringend wie der Geruch des Strandes nach einer Sturmnacht, wenn das Meer seine gewaltigen Massen gegen die Ufer gewälzt hat.

»Hier muß einmal gründlich aufgeräumt werden,« sagte der Lotsenälteste, »ich habe zuviel altes Zeugs hier herumliegen.«

Der Lotsenälteste blieb auf der Schwelle stehen, während Andreas sich weiter zur Ausgangstür tastete.

XI. SIGVARD UND ANN-MARI

Am frühen Abend war es sternklar und still. Die Dächer der Häuser glitzerten im Sternenschein wie regenfeucht. Aber unter den Bäumen und unten auf den Wegen lastete die Dunkelheit unergründlich schwer.

An diesem Abend brannte lange Licht in den kleinen Fenstern, die Leute saßen beisammen und sprachen von den Vorgängen im Bethaus. Auch in der Wirtsstube war es anders als sonst am Sonntagabend, niemand redete viel über das, was der Geistliche gesagt hatte, aber seine Beschwörungen schienen drückend auf allen zu lasten. Nur einige wenige Gäste waren gekommen. Die saßen verdrossen vor ihren Krügen, ungeneigt, sich in ein Gespräch einzulassen. Man redete ein wenig über die Aussichten der Fischerei, aber nur ganz gleichgültig, denn keiner von ihnen hatte etwas zu erzählen, was der andere nicht schon ohnehin gewußt hätte. Dem Beisammensein fehlte gänzlich die belebende Würze der Bosheit und der Schadenfreude, die der Ansporn dieser Menschen war. Wenn sie auch in ihrem Herzen zufrieden mit der Behandlung waren, die den verhaßten Wirtsleuten im Bethaus zuteil geworden war, empfanden sie sie doch an diesem Abend als einen Eingriff in verbriefte Rechte, in das Recht, abends unter den hergebrachten Formen beisammen zu sein. Wenn die Tür ging, blickten sie sehnsüchtig auf, ob nicht einer der anderen kam. Vielleicht der Segelmacher oder der Lotsenälteste. Aber es war niemand. Nur Kaisa oder Johannes, und die Stunden gingen. Es wurde spät, und die Männer wurden immer in sich gekehrter und gereizter.

Die Wirtsleute selbst trugen auch nicht gerade dazu bei, den Abend gemütlicher zu machen.

Die alte Hexe tat, als hörte sie ihre Bestellungen nicht, so daß sie Ann-Mari rufen mußten, damit sie ihnen die Krüge auf den Tisch stellte. Und Johannes antwortete höchst widerwillig auf die an ihn gestellten Fragen, wenn er ein seltenes Mal durch die Schankstube ging. Es sah aus, als hätte er an diesem Abend viel außer Haus zu tun. Er rumorte unten auf der Brücke mit Kisten und Schiffsgeräten herum, er schien sich vorgenommen zu haben, gerade am Feiertagsabend gründlich aufzuräumen. Wie er nur die leeren Paraffintonnen hin und her rollte, wunderte die Leute am

Tisch – Johannes war sonst nicht der Mann, der zu eifrig zugriff, selbst der Zorn konnte ihn nicht zu überflüssiger Arbeit bewegen. Auch wollte er kein Glas mittrinken. Er sagte gerade heraus nein, und dabei drang ein Gurgeln aus seiner Kehle, das wie ein verschluckter Fluch klang. Dabei sah er sie mit geducktem Kopf an, die Pupillen seiner Augen glitten ganz unter die buschigen Brauen, so daß es war, als starrte er sie nur mit den weißen Augäpfeln an.

Die Männer flüsterten darüber. Johannes kam ihnen an diesem Abend so seltsam vor. Sie konnten doch nichts dafür, wenn ihre Weiber in das Bethaus rannten und dort Lärm schlugen. Schließlich trat Kaisa in die Küchentür und ließ ein paar Worte fallen, daß es Sonntagabend und höchste Zeit sei, zuzusperren.

Da lachten sie am Tische laut. »Man könnte rein glauben, du wärest selber im Bethaus gewesen«, sagten sie. Im nächsten Augenblick war Kaisa wieder in die dunkle Küche verschwunden. Ihre einzige Antwort bestand in einem heftigen Lärm mit Töpfen und Pfannen, eine Sprache ohne Worte, die allen alten Weibern geläufig ist und aufreizender wirkt als beleidigende Schimpfworte.

Und bald schien es den Männern selbst unerträglich trübselig im Haus. Die Stimmung sank wie das gelbe Öl in der Lampe, und sie begannen gegenseitig aufeinander zornig zu werden. Endlich standen sie auf. Aber obgleich sie einsahen, daß sie nicht länger bleiben konnten, fiel es ihnen doch sehr schwer sich loszureißen. Ein unwiderstehlicher Trotz hieß sie bleiben. Sie kratzten ihre Pfeifen auf dem Boden aus, riefen Kaisa scherzend: »Alte Hexe!« und lachten gehässig.

Dann gingen sie mit schweren Schritten. Der eine warf noch über die Schulter Ann-Mari ein Abschiedswort zu: »Ich laß deine Mutter schön grüßen!« Das war in der offenen Tür. Draußen stand das Sternenmeer über den Hausdächern und beleuchtete ihre Gestalten in den derben Kleidern, dann verschwanden sie, nachdem sie die Tore schmetternd ins Schloß geworfen hatten. Ihre Stimmen und ihr zorniges Lachen verhallte allmählich, dieses Lachen, das so kurzatmig und unfroh war, daß es schon bei der nächsten Wegkreuzung in eine Rauferei umschlagen konnte.

Sigvard, der still in der Ofenecke gesessen hatte, war, als er das Abschiedswort des Mannes hörte, jäh aufgesprungen und wollte ihm nacheilen. Doch Ann-Mari umklammerte ihn.

61

»Aber Sigvard,« rief sie ängstlich,»willst du noch dazu beitragen, alles für uns schlimmer zu machen?«

»Ich hab ganz gut verstanden, wie er es gemeint hat,« rief Sigvard,»warum dürfen sie alle so häßlich gegen dich sein?«

Sie drückte ihn sanft auf die Bank nieder und setzte sich zu ihm:»Ich hab es auch verstanden,« sagte sie,»aber es macht mir nichts mehr. Als ich noch klein war, hörte ich dieselben oder ähnliche Worte in diesem Ton gesagt. Ich verstand den Sinn nicht, ich empfand es nur als etwas Böses. Später begriff ich es ja, aber da schmerzte es mich lange nicht so sehr wie damals, als ich noch ganz unwissend war.«

Sigvard saß da, die Ellbogen auf die Knie gestützt und starrte in den Kamin.

»Es ist hier nicht mehr auszuhalten«, sagte er.»Ich hab heute wieder mit meinem Vater gesprochen.«

Eine Weile blieb es stumm. Sie fragte nicht. Dann sagte er:»Wenn wir von hier weggehen, brauchen wir vorläufig die Unterstützung des Alten nicht. Wir können zuwarten, dann werden wir schon sehen. Er ist nicht so hartherzig wie gewisse andere.«

»Ich träume immer davon, mit dir zusammen in die Welt hinauszuziehen«, erwiderte Ann-Mari.

»Aber du fühlst dich hier gebunden?«

»Was soll aus Signe werden?« fragte sie flüsternd.

»Ach, deine Mutter hat ohnehin ihre eigene Welt.«

»Wenn auch ich sie verließe, dann würde sie nicht länger leben wollen, glaube ich. Ich habe von Menschen gehört, denen eine schwere Aufgabe auferlegt ist. Menschen, die nur auf die Welt gekommen sind, um sich für andere zu opfern. Das muß nicht nur eine Aufgabe für große, bedeutende Menschen sein. Gott kann seinen Finger auch auf ein bloßes Kind legen und sagen: Dieses Leben voll Aufopferung sollst du tragen. Glaube nicht, Sigvard, daß ich das nur im Bethaus gehört habe, ich habe es mir selbst ausgedacht. Nachts, wenn ich wach liege, denke ich oft daran – und dann kommt eine Art Ruhe und Zufriedenheit über mich. Ja, denn oft bin ich sehr unruhig, Sigvard, weißt du warum?«

Sigvard machte eine Bewegung nach dem großen, unwirtlichen Raum und sagte niedergeschlagen:

»Du brauchst dich nur umzusehen.«

»Nein, nicht weil es hier so unheimlich ist, sondern weil die Zeit geht. So merkwürdig, ich kann es nicht anders erklären. Wenn ich dasitze und ausrechne, daß jetzt wieder ein Monat vergangen ist – mit Jahren kann ich ja nicht rechnen, ich bin ja so jung, dann wird mir so ängstlich zumute. Ich habe das Gefühl, wieder ein Monat, der mich eingefangen hat. Und wenn dann schließlich die Monate zu Jahren werden, dann ist die vergangene Zeit vielleicht so schwer geworden, daß ich mich gar nicht mehr losreißen kann. Es ist, als wenn ich auf einem Morast stände und immer tiefer einsinken würde.«

Ann-Mari sprach in einer eigenen, etwas umständlichen Weise, wie es ganz junge Menschen tun, wenn sie Dinge behandeln, die sie gern verstehen möchten.

»Wenn auch ich Signe verließe, wie würde es ihr dann ergehen?« fragte sie. »Ich habe versucht, es mir auszudenken. Ob ich dann nicht in meinem Herzen das Gefühl hätte, daß jemand herumgeht und nach mir ruft? Wenn meine Mutter ein Mensch wie alle anderen wäre, dann schon. Wenn ich von ihr wegginge, würde ich sie immer in meinen Gewissensbissen spüren, sie immer hören, wie sie nach mir ruft, sie immer vor mir sehen – wie sie herumgeht und sucht. Sie würde ja nicht anders denken, als daß sie mich finden muß, wenn sie nur immer sucht und sucht.«

»Den Gedanken an ihren furchtbaren Eifer und an ihre Ungeduld«, fuhr Ann-Mari fort, »könnte ich nie abschütteln. Und wenn die Nacht käme, würde mich das Gefühl zur Verzweiflung bringen, daß sie nun wach liegt und im Dunkel auf meine Schritte horcht. All das ist so furchtbar schwer, Sigvard.«

Sigvard sagte:

»Heute war sie mehrmals draußen auf den Schären. Stundenlang ist sie dagestanden und hat vor sich hingestarrt, ihr weißes Kopftuch flatterte im Winde. Ich hörte die Leute über sie reden. ›Seht die Närrische an‹, sagten sie, und dabei lachten sie. Aber sie hatten wohl keinen Grund, gar so übermütig zu sein. Vielleicht stand sie etwas so Mächtigem gegenüber, wie sie es nicht ahnen konnten. Ich vermochte kein Auge von ihr abzuwenden. Es ist schon etwas an dem Glauben, von dem wir hören, daß er Berge versetzen kann. Es war, als ginge etwas von diesem Glauben auch auf mich über. Ich konnte es nicht lassen, ich mußte auch dort hinaussehen – und auf etwas warten ... auf etwas hoffen.«

Sigvard beschrieb mit den Händen einen Bogen durch die Luft, wie er es zu tun pflegte, wenn er seine Träumereien erklären wollte.

»Das ganze Meer war so leer,« sagte er, »nicht der Schatten eines Segels am ganzen Horizont zu entdecken. Aber dennoch hatte ich plötzlich das Gefühl, daß dort draußen eins auftauchen müßte. Ich wartete so angespannt, daß ich mein Herz klopfen hörte. Und all das nur, weil sie dort draußen stand und vor sich hinstarrte. Ihr Glaube ging auf mich über.«

Sigvard war ein bißchen verlegen über seine eigene Feierlichkeit geworden. Er stand auf und legte im Kamin nach. Während er so vorgebeugt dastand und die Glut schürte, fragte er mit einer plötzlichen Veränderung in der Stimme:

»Sollen wir heute abend hinübergehen? Ich habe mein Spielwerk mit.«

Ann-Mari ließ die Frage offen. Sie war durch seine Erzählung erregt, und in einem Ton, als wollte sie ihm ein gefährliches Geheimnis anvertrauen, sagte sie:

»Signe ist hellsichtig. Und manchmal kommt das auch über mich. Heute den ganzen Tag bilde ich mir fest ein, daß etwas Unerwartetes und Seltsames geschehen wird.«

»Was sollte das sein?«

»Ich weiß nicht. Ich kann nichts sehen, aber ich fühle es. Und es kommt immer näher und näher. Vielleicht ist es etwas mit den Alten.«

»Die Alten,« sagte Sigvard gleichgültig, »die sind nur ganz außer Rand und Band über die Sache mit dem Bethaus.«

»Nein, es muß etwas anderes sein. Erinnerst du dich noch an den furchtbaren Abend, als Johannes das Messer gegen die Großmutter zog? Auch da war es mir ganz so zumute. Den ganzen Tag ging ich herum und wartete auf ein Unglück. Jetzt auch. Die Brust schnürt sich mir vor Angst zusammen, und ich möchte mich so gerne verstecken und nur warten, warten. Und dabei ist es mir so furchtbar, daß ich niemandem helfen kann. Ich weiß ja nicht, was es ist. Wenn ich nur einen der Alten ansehe, ist es mir, als ob eine kalte Hand mir nach dem Herzen greifen würde.«

»Sie sehen heute auch wirklich ganz unheimlich aus«, sagte Sigvard. »Johannes fürchtet sich vor Kaisa. Ich habe es heute abend bemerkt, als er die Lampe anzündete und sie danebenstand und zusah. Das Glas klirrte ihm in der Hand. ›Geh weg! Geh weg!‹ rief er. Und wie seltsam sie heute abend im Hause herumwandert. Sie ist überall. Aus allen Schatten kommt sie hervor, ohne daß man ihre Schritte hört. Wo ist sie denn jetzt? Hörst du sie?«

Sie lauschten, aber kein Laut war zu vernehmen. Sie sahen zur Zimmerdecke auf.

»Vorhin war sie dort oben,« sagte Sigvard, »ich möchte wissen, ob der Fremde heimgekommen ist?«

»Nein, noch nicht.«

»Bleibt er lange hier, der Mann?«

»Ich fragte ihn heute. Aber er schüttelte nur den Kopf. ›Ja, du kannst viel fragen, mein Kind‹, sagte er.«

In diesem Augenblick wurde die Haustür vorsichtig geöffnet, und Signe kam herein. Als sie die beiden bemerkte, huschte ein Lächeln über ihr Gesicht. Sie mußte heftig gelaufen sein, denn sie atmete schwer und rasch. Ihr Kopftuch war ihr auf den Nacken geglitten, so daß sie mit bloßem Kopf dastand. Das beinahe weiße Haar war vom Wind aufgewühlt, ihr Gesicht war noch jung, aber die Jugend darin war gleichsam von den Falten der Trauer und des Kummers ausgelöscht.

In diesem verheerten Gesicht erschien nun ein Lächeln, ein seltsames, wahnwitziges Lächeln. Es wirkte so feindselig und unmenschlich, daß Ann-Mari unwillkürlich nach Sigvards Hand griff und ängstlich seinen Namen flüsterte.

*

Signe schien von jener schrecklichen Hast gejagt, die Geisteskranken eigen ist, wenn ihre Vorstellungen sie ganz beschäftigen. Sie ging rasch auf die beiden jungen Menschen zu, unruhig vor innerer Bewegung und doch mit einem Widerschein von Freude im Gesicht.

Sie konnte es nicht erwarten, sich mitzuteilen, und ihre Stimme hatte einen vertraulichen Klang.

Sie zog Ann-Mari zum Tisch hin, so daß der Lampenschein auf das Gesicht des jungen Mädchens fiel. Sie befühlte ihr Haar und ihre Schultern liebkosend und winselte förmlich vor Freude. Sigvard ging auch hin und schnellte sich mit einem Sprung auf den Tisch. Ann-Mari schien tief betrübt. Signe merkte es und wollte sie trösten, wie eine Mutter ein verschrecktes Kind tröstet, und ihr etwas von dem Überfluß ihres Glücks geben.

»Sei ganz ruhig, Ann-Mari«, sagte sie. »Du brauchst dich vor nichts zu fürchten. Sieh mich an! Fürchte ich mich? Nein, ich bin glücklich, denn jetzt weiß ich bestimmt, daß die Zeit gekommen ist, und da mußt du auch glücklich sein. Ich habe das Licht draußen auf den Schären gesehen. Es begann heute in aller Früh. Ich sah es weit, weit draußen. Dann kam es immer näher. Und am Abend war es klarer denn je. Es steht gerade über dem Hause, oben zwischen den Sternen.«

»Ach Mutter«, sagte Ann-Mari.

»Darauf habe ich soviele Jahre gewartet«, fuhr Signe eifrig und überredend fort. »Jetzt ist es endlich gekommen. Es ist gekommen zu uns beiden, und vielleicht zu allen. Wenn ich dort draußen stehe, fühle ich es über mir wie Strahlenglanz, es wärmt nicht, aber es macht mich glückselig. Ich sehe alles jetzt anders. Wenn ich in der Dunkelheit an den Häusern vorbeigehe, fürchte ich mich nicht mehr vor den Menschen. Die wissen nicht, was uns widerfahren ist, aber ich weiß es. Ann-Mari, wie viele Jahre habe ich darauf gewartet. Noch eine kleine Weile, dann ist alles vorbei.«

Ihre Augen strahlten vor Seligkeit.

»Ach Mutter, was ist es?« fragte Ann-Mari verzweifelt.

Signe antwortete nachsichtig:

»Weißt du es nicht, Ann-Mari? Es ist die Erlösung.«

»Signe, du solltest versuchen ein bißchen zu schlafen«, sagte Sigvard freundlich. »Du mußt sicherlich sehr müde sein.«

»Schlafen«, schrie die Wahnsinnige erschauernd auf. »Nein, ich kann nicht mehr schlafen.«

»Soll jemand kommen?« fragte Ann-Mari.

»Ja, jemand wird kommen.«

Signe begann zu lauschen, dort oben ging eine Tür, sehr vorsichtig, und man hörte schleppende Schritte, die sich irgendwo in dem großen Hause verloren. Das war Kaisa.

Während Signe so starrend und lauschend stand, hatte sich Signes Aufmerksamkeit der großen Doppeltür zugewandt, die zum Fluß hinausführte. Sie war so mächtig wie ein Scheunentor. Wenn beide Flügel zurückgeschlagen waren, konnte man im Fall einer Sturmflut die Boote bis in die Wirtsstube hineinziehen. Nun war die Tür jedoch geschlossen und füllte den größten Teil der Wand aus – in ihrer spitzbogigen Form und mit den schräggestellten Balken konnte sie im Dunkel einer Tanne gleichen.

Signe sah die Tür wie verzaubert an.

Heftig umklammerte sie Ann-Maris Arm. Plötzlich wies sie hinauf und sagte:

»Da ist ein Kreuz! Seht! Da ist ein Kreuz!«

»Das ist ja nur die große Brückentür«, sagte Ann-Mari ängstlich.

Das Dunkel, die Stille und Signes furchtbare Unruhe hatten das Mädchen und den Knaben ganz ängstlich gemacht. Sie starrten auch die Tür an, die sie doch so gut kannten, aber es war, als hätte sie jetzt ein anderes Aussehen, eine kirchliche Höhe und Weihe. Die Wahnsinnige wiederholte nur: »Das ist das Kreuz«, und strich beruhigend über Ann-Maris Haar.

Von oben hörte man Stimmen. Zwei Menschen, die miteinander sprachen.

»Das ist Kaisa und Johannes«, sagte Sigvard förmlich befreit, den Laut anderer Menschenstimmen zu hören. Man konnte nicht verstehen, was dort oben gesprochen wurde, dazu war das Haus aus zu schweren Planken erbaut. Aber schon die Laute, die zu ihnen herabdrangen, ließen den Ton der Stimmen erraten: die Kaisas zorniger Hohn, die des Mannes brummiger Widerspruch.

Bevor noch Kaisas Schritte auf der Treppe ertönten, wußte Signe, daß die Alte kommen würde. Sie knüpfte das Tuch um den Kopf und ging auf die Tür zu. Sigvard versuchte sie zurückzuhalten, aber es war vergeblich.

Signes Blick drückte eine wahnwitzige Schlauheit aus, sie war von ihren Vorstellungen völlig besessen und ließ sich durch menschlichen Eingriff nicht stören. Wieder wanderte sie hinaus in den Sternenschein.

»Hast du sie verstanden?« fragte Ann-Mari nachdenklich. »Das Kreuz? Was meinte sie damit?«

»Am Jahrestag ist sie ja immer so«, gab Sigvard zur Antwort. »Sonst können Monate vergehen, ohne daß sie ein Wort redet.«

»Diesmal verstehe ich sie gar nicht.«

Sigvard legte den Riemen der Ziehharmonika über die Schulter. Während er seinen Rock zuknöpfte, ruhte sein Blick die ganze Zeit auf der Brückentür. Er zeichnete mit dem Zeigefinger eine lotrechte Linie durch die Luft, die der Türspalte folgte – und darüber zeichnete er eine Querlinie, ein Kreuz. Er blinzelte mit den Augen, um das Bild auf der Tür festzuhalten.

»Es kann schon so aussehen, wenn die Felder im Schatten liegen,« sagte er, »man kann viele seltsame Figuren aus der Stellung der Planken herausbekommen. Es ist so, wie wenn man fremde Menschenköpfe auf den Felsschroffen in der Ferne sieht.«

Er hörte Kaisa die Treppe herunterkommen und fragte:

»Sollen wir gehen? Oder willst du zuerst hören, was sie zu sagen hat?«

Ann-Mari wollte nicht gehen.

Kaisa humpelte durch die Küche, sich auf ihren Stock stützend. Sie murmelte etwas in sich hinein, es war der letzte Nachhall des Zankes mit dem Mann. Und zwischen den Worten stieß sie Kehllaute aus, die einen unheimlichen Anstrich von Fröhlichkeit hatten.

Die Fährleute gingen immer so herum und murmelten Flüche in sich hinein. Als sie über die Schwelle trat, hörte sie mit ihrem Gebrumm nicht auf, aber tat, als spräche sie zu einem großen schwarzen Kater mit buschigem Schwanz, der um ihre Röcke strich.

»Die Lampe geht aus«, sagte sie. Dabei warf sie einen Blick von einem zum andern und lächelte. Kaisa hatte noch alle Zähne im Munde, das Lächeln flackerte weiß in ihrem Gesicht und hob dessen zigeunerhaftes Gepräge hervor.

»Für Liebesstunden ist die Dunkelheit gerade recht,« sagte sie, »geh und hol eine Kerze.«

Sigvard ging in die Küche, aus der er gleich darauf mit einer angezündeten Kerze in der Hand zurückkehrte. Er stellte sie auf den Tisch und löschte die rauchende Lampe aus. Es wurde nun noch dunkler in der Stube. Gewaltige Schattenfiguren huschten lautlos über die Wände, wenn die Menschen sich bewegten.

»Ist sie dagewesen?« fragte Kaisa.

Man verstand sofort, wen sie meinte. Sigvard nickte.

»Sie ist wieder fort«, sagte er.

»So närrisch wie heute habe ich sie noch nie gesehen ... das Luder«, fügte sie hinzu.

»Ihr seid zu hart gegen sie«, bemerkte der junge Bursche ernst. »Ihr vergeßt, daß sie krank und vom Unglück gezeichnet ist. Wenn Ihr nachsichtiger gegen sie wäret, würde es vielleicht besser werden.«

»Nachsichtig, schöntun, was denn noch ...«

Die alte Kaisa stieß die Worte hervor und schlug den Takt dazu mit dem Stock auf dem Boden. Aber sie fauchte nicht vor Wut wie sonst. Sie war eher sanft. Aber diese leicht spöttische Freundlichkeit, die sie zur Schau trug, indem sie sich lächelnd über den Stock vorbeugte, ließ die andern erschauern.

»Demütig und nachsichtig gegen die Menschen ... so soll man sein, ja.«

Plötzlich rief sie laut:

»Ist ein einziger Mensch hier, der mir nicht Unglück gebracht hat? Viele, viele Jahre konnte ich niemanden ansehen, ohne Haß und Abscheu in aller Augen zu lesen. Ich verstehe vielleicht nicht viel von den Wünschen der Menschen, aber das ist nur, weil ich rings um mich keine anderen Wünsche merke, als daß es mir so recht hundeelend ergehen möge. Vor einer Stunde saß ich am offenen Fenster und blickte über das Dorf hin. Ich konnte alle beleuchteten Fenster zählen und mir die Namen all der alten Vetteln dort drinnen vorsagen, alte Vetteln in Hemden und Hosen. Das war eine Geschichte für mich. Sie war ohne Worte, aber ich konnte doch hören, was hinter jeder hellen Gardine gesagt wurde. Jetzt wird der alten Hexe der Garaus gemacht, jetzt wird sie in der Luft zerrissen! Nein, wie es aus allen Fenstern von befriedigter Selbstgerechtigkeit strahlte! Das war der Widerschein aus dem Bethaus! Da bin ich heute ohne Schonung verurteilt worden. Ich habe mir ja nichts anderes erwartet. Ich kenne das Leben! Wenn ich von einem Unglück getroffen werde, kann ich von diesen Menschen nicht einen nennen, der mir eine hilfreiche Hand reichen würde. Denn ich weiß –«

Sie streckte ihre gichtbrüchigen krummen Finger vor:

»Ich weiß, daß alle noch herbeieilen würden, um meine blutigen Hände von den Stützen wegzureißen, die mich retten könnten ... und gegen diese Menschen soll ich demütig, sanft und milde sein – wieder entblößte sie ihre schneeweißen Zähne in einem Lächeln –, ja freilich!«

Plötzlich stieß sie mit dem Stock hart auf den Boden auf und rief:

»Meine eigene Rechnung stelle ich selbst auf, und die geht niemanden etwas an. Ich werde sie schon abschließen.«

»Ihr nehmt das Leben zu schwer,« wendete Sigvard ein, »es ist ja wahr, daß hier viel Feindseligkeit herrscht, aber das kommt daher, daß die Menschen an nichts Freudiges zu denken haben. Alle sind sie gleich gehässig gegeneinander. Niemand will es anders.«

Kaisa schüttelte nur unwillig den Kopf.

»Darum sollten alle, die es können, trachten, von hier fortzukommen«, fuhr der Knabe mutig fort. »Das Leben kann nicht überall so erbärmlich sein wie hier. Namentlich wer jung ist, sollte trachten, von hier loszukommen.«

Ann-Mari packte ihn am Rockärmel. Aber Sigvard sprach unerschrocken weiter:

»Namentlich die Jugend, ja. Die hat die Zukunft vor sich. Ann-Mari und ich haben oft darüber gesprochen.«

»Dann solltest du auch mit deinem Vater darüber sprechen«, gab Kaisa scharf zurück. »Er als Großbauer könnte das mit der Zukunft ganz leicht ordnen.«

»Ach, der Vater gibt schon nach, wenn nur ich nicht nachgebe.«

»Ja, er könnte sich vielleicht so weit herablassen, hier in der Schenke der Hexe die Hochzeit zu feiern, in dem Haus der Verfluchten. Hier ist es übrigens heute abend leer.«

»Dafür habt Ihr selbst gesorgt, Mutter Kaisa«, sagte Sigvard. »Ihr waret wahrhaftig nicht entgegenkommend gegen die wenigen Menschen, die da waren.«

Kaisa verfiel wieder in ihren scherzhaften Ton:

»Es ist heute Sonntagabend«, sagte sie. »Ich muß doch anfangen, mich nach den Wünschen des Herrn Pfarrers zu richten und den Ruhetag heiligen.« Plötzlich fragte sie:

»Aber warum hockt ihr hier herum? Soll man vielleicht auch noch von mir sagen, daß ich die Jugend hindere, in Gottes freie Natur hinauszugehen? Im Walde wird getanzt. Ich hörte es durch das offene Fenster.«

»So habt Ihr also nichts dagegen, daß wir heute abend fortgehen?«

»Nein, nein —«

»Aber wenn Ihr etwas dagegen habt —«

»Ich erwarte niemanden mehr. Nur den fremden Gast. Die Kerze kann stehenbleiben und brennen, bis er kommt. Er bleibt übrigens nicht lange hier.«

Kaisa nahm die Kerze und putzte sie mit ihrer langen, mageren Kralle. Die anderen konnten nun ihr Gesicht nicht mehr sehen.

»Fährt er weiter?« fragte der Junge.

»Er fährt weiter«, sagte Kaisa.

Als sie allein geblieben war, nahm sie die Kerze, um eine Runde durch das Haus zu machen. Die Schatten folgten ihr wie ein großer schleppender Mantel durch die Räume, und mit der Dunkelheit begann ein anderes Leben in der großen Schankstube.

Durch die obersten Fensterluken fiel ein feines Lichtgespinst vom Sternenhimmel, plötzlich waren die Fensterbretter und die Tischkanten grün wie die alten grünen Steine auf dem Kirchhof. Die Zimmerdecke verschwand in der Dunkelheit und wurde unermeßlich hoch, und unten auf dem Boden bewegten sich die funkelnden Katzenaugen lautlos.

Als die Schritte der Alten nicht mehr zu hören waren, wurde es dennoch nicht ganz still in dem großen Hause. Solche Häuser, die durch Jahrhunderte gelebt haben, kommen nie so recht zur Ruhe. Sie spüren jedes Wetter und jeden Wind und können nie aufhören, klagend und knirschend ihre Planken zurechtzulegen. Und weil das Haus durch das Bewohntsein der langen Jahre ein menschliches Gepräge hat, kommt auch etwas Menschliches in diese Laute, die durch die Stockwerke des Hauses gehen.

Diese Laute können menschliches Wohlbehagen ausdrücken, aber sie können auch eine andere Färbung haben, die den Menschen angstvoll aufhorchen läßt, wenn er allein ist. Denn das Leben der Menschen stirbt nie, sondern setzt sich noch lange nach dem Tode fort – in den ausgetretenen Treppenstufen und Bodenbrettern, in den Klinken der Türen, in der Rundung der Stühle, auf denen die Dahingegangenen geruht haben. Die Seele der alten Häuser kann nie ganz begriffen werden – die Lebenden ahnen nur, daß das Leben der Vergangenheit noch Wache hält, um das Gute mit Wärme und Freude zu grüßen und die bösen Gedanken mit unsäglicher Qual zu verfolgen.

XII. EIN LICHT HINTERM FENSTER

Es war noch nicht spät. Es leuchtete hier und dort in den Fenstern, an denen Ann-Mari und Sigvard vorbeikamen. Unten von der Brücke her hörten sie Lärm und Stimmengewirr. Das waren Leute, die einen Sonntagsbesuch gemacht hatten und nun das Boot zur Heimfahrt rüsteten.

In der letzten Stunde hatte die Luft sich ein wenig getrübt, und die Sterne leuchteten nicht mehr so klar. Aber noch immer war es still und milde. Aus dem Wald erklang die Ziehharmonika, das Frühlingsfest der Jugend.

Die beiden jungen Menschen gingen ziemlich wortkarg nebeneinander her. Keines von ihnen konnte sich von dem Gedanken an Kaisa befreien. Als sie nun von ihr zu sprechen begannen, geschah es in einer ausweichenden, vorsichtigen Art, die Angst und Mitleid verriet.

»Sie kann nichts dafür, daß sie so ist,« meinte Sigvard, »das ist nun einmal ihr Los auf Erden. Manche sind zu guten Werken geboren, andere zu bösen. Das läßt sich nicht ändern.«

Bei einer Biegung des Weges, der sich sanft ansteigend zum Walde hinaufschlängelte, konnten sie unten das Fährhaus und den Fluß sehen. Das Haus lag unter dem Schatten des Bergfirstes. Es war darum unmöglich, seine Konturen zu sehen. Es lag nur wie ein großer Hügel da. Ein dunkler Grabhügel. Aber in dieser Dunkelheit glomm hie und da ein Licht auf, ein dunkel schwelendes Licht.

Die beiden jungen Leute betrachteten das Licht schweigend. Sie wußten beide, was es zu bedeuten hatte. Das war die alte Kaisa, die ihre Runde durch das Haus machte.

Das Licht verschwand, kam wieder zum Vorschein und wechselte abermals den Platz. Ann-Mari, die selbst in der tiefsten Dunkelheit jeden Teil des Hauses erkannte, konnte genau sagen, von wo das Licht kam.

»Jetzt ist sie im Saal,« sagte sie, »jetzt ist sie in dem kleinen Zimmer nebenan. Jetzt ist sie auf der Treppe. Jetzt ist sie in dem großen Gastzimmer, im Zimmer des Fremden.«

Weil das Haus nur wie eine dunkle Masse aussah, bekamen die Lichtblitze etwas Lebendiges, wie Augen, die sich in der Dunkelheit bewegen.

Noch etwas anderes erregte die Aufmerksamkeit der beiden. Dort unten auf dem Fluß hatten die zugereisten Besucher das Boot jetzt klargemacht. Sie ruderten fort. Vom Land und aus dem Boot rief man sich Grüße zu. Ihre Angehörigen hatten die Gäste zur Brücke begleitet und kehrten jetzt wieder nach Hause zurück, den engen Weg zwischen den Seeschuppen mit ihrem Geplauder erfüllend. Das Boot war noch lange auf dem Fluß sichtbar – ein lebender, unruhiger Schatten, aus dem die feuchten, wippenden Ruder vorragten, triefend von Sternenlicht. Da sie höher standen, konnten die beiden deutlich alle Einzelheiten dort unten sehen. Sie bemerkten eine Gestalt, die sich bewegte. Ein Mann, der hinter den Packhäusern versteckt gestanden hatte. Nun ging er auf die Brücke vor und wanderte langsam über sie hin.

Sie erkannten ihn am Mantel und am Hut, es war der Fremde. Sie waren erstaunt über sein Erscheinen, und so lange sie ihn sehen konnten, schwiegen sie beide. Erst als die Erscheinung wieder in dem Dunkel hinter den Häusern verschwunden war, sprachen sie miteinander.

»Er ist auf dem Wege zum Fährhaus«, sagte Ann-Mari.

»Ja, vielleicht,« bemerkte Sigvard, »aber vielleicht geht er auch nur spazieren. Er wandert schon den ganzen Abend so herum. Er spricht mit niemand, er sieht weg, wenn er jemand begegnet. Er ist sicherlich sehr menschenscheu. Weißt du, Ann-Mari, es war so merkwürdig, als wir ihn am anderen Ufer abholten. Er stand sicher schon lange da und wartete.«

»Warum?«

»Weil er mit seinen Sachen ganz allein dastand, als wir hinkamen. Er kann doch unmöglich den Weg zu Fuß gegangen sein. Ich horchte, ob ich einen Wagen hören konnte, und es schien mir wohl, daß ich ganz weit weg fortrollende Wagenräder hörte, aber ganz bestimmt könnte ich es nicht sagen.«

»Jetzt hat er der Familie zugesehen, die sich verabschiedete und fortfuhr«, sagte Ann-Mari. »Vielleicht hat es ihn bewegt, das Beisammensein der Verwandten zu betrachten. Er ist so einsam und rastlos. Wo mag er herkommen?«

»Ja woher?« wiederholte Sigvard, »aus der großen Welt dort draußen –«

Sigvard wandte sich dem Meere zu, der großen Welt. Draußen war alles Dunkelheit, nur vereinzelte Sternpünktchen und der bleiche Widerschein auf dem Meere, jener ganz farblose Lichtflor, der dem Horizont zutrieb, wie von Windstößen bewegt, der Zauber der Nacht und der Ewigkeit, der im Menschen stets so unerklärliche Angst und Todesahnungen auslöst.

»Und wo fährt er jetzt hin?« fragte Ann-Mari, indem sie in die Dunkelheit hinabstarrte, in der der Fremde verschwunden war.

Sie bekam keine Antwort.

Sigvard führte sie in den Wald. Von dort hörte man das fröhliche Spiel der Jugend. Je tiefer sie in den Wald kamen, desto stärker spürten sie den Duft der Bäume, den Frühlingsduft, der in den Nächten nach der Schneeschmelze so besonders stark ist.

Etwas später nachts verließ der Lotsenälteste sein Haus. Er war sonst nicht der Mann, der abends spät aufblieb, aber an diesem Abend hatten Vorübergehende bemerkt, daß das Licht Stunde um Stunde hinter seiner blauen Gardine brannte. Und an dem Schatten auf der Gardine konnten sie sehen, wie der Lotsenälteste dort drinnen im Zimmer auf und ab spazierte. Die Leute, die ihn kannten, wunderten sich: ob er wohl jemanden erwartet? Wer sollte das sein?

Aber nun ging er also aus seinem Hause, nachdem er die Lampe gelöscht hatte. Auf der Schwelle blieb er ein wenig stehen, nicht um sich zu orientieren, denn er konnte blind über die bekannten Wege gehen, sondern um zu lauschen, ob jemand in der Nähe war. Er hörte nichts, und so stapfte er vorsichtig zwischen den Häusern weiter.

Es war unverkennbar, daß er einem bestimmten Ziele zustrebte und daß er nicht gesehen zu werden wünschte. Bei jeder Wegbiegung blieb er stehen und horchte, bevor er weiterging, er war auf heimlichen Wegen. Er ging durch das ganze kleine Dorf durch, vorbei an Gärten und Feldern, vorbei an der alten Werft, bis hinunter zur See.

Hier lag ein ziemlich großes Haus, doch nicht so groß wie das Fährhaus. Es schien gleichzeitig als Wohnung und Werkstatt zu dienen. Die Längswand hatte nur eine Tür und ein Fenster ganz oben an der Hausecke. Zu diesem Fenster trat der Lotsenälteste hin und versuchte hineinzublicken, aber da drinnen war es dunkel, die Leute waren schon schlafen gegangen. So pochte er denn mit dem Knöchel vorsichtig an die Scheibe, aber er mußte mehrmals klopfen, bis jemand auf ihn aufmerksam wurde.

Ein Mensch huschte auf bloßen Füßen drinnen durch das Zimmer. Bald darauf wurde die Rollgardine zurückgezogen, und ein graufahles Gesicht zeigte sich dicht an der Scheibe. Das war der Segelmacher, der nachsah, wer da klopfte. Der Lotsenälteste machte ihm ein Zeichen, die Tür zu öffnen, und der Segelmacher nickte.

Das brauchte immerhin einige Zeit, denn der Segelmacher mußte erst ein paar Kleidungsstücke umwerfen. Aber endlich wurde die Tür geöffnet, und der Lotsenälteste trat in einen großen dunklen Vorraum.

»Sprich leise,« flüsterte der Segelmacher, »die Bälger schlafen. Was ist denn mitten in der Nacht los?«

»Ich muß mit dir reden«, sagte der Lotsenälteste. »Ich kann nicht schlafen. Ich bin in großer Unruhe, Segelmacher.«

Aus dem anstoßenden Zimmer hörte man Kinderweinen, und eine Frauenstimme fragte erschrocken, was dieser Lärm zu bedeuten habe.

Der Segelmacher schlurfte auf seinen bloßen Füßen hinein und beruhigte sie damit, daß es nur der Lotsenälteste wäre. Er beugte sich über das Kopfkissen der Frau und flüsterte:

»Mir scheint, er hat getrunken ... er ist ein bißchen angesäuselt ... wir gehen einstweilen in die Werkstatt hinüber ... ich werde ihn schon bald los.«

Endlich fand er Zündhölzchen und konnte Licht anzünden. Der Lotsenälteste stand draußen im Flur und wartete auf ihn. Das war ein großer Raum, der durch die ganze Breite des Raumes ging und die Wohnung des Segelmachers von der Werkstatt trennte.

Der Segelmacher hielt die brennende Kerze dicht vor das Gesicht des Lotsenältesten, denn er wollte sehen, ob er wirklich betrunken war.

»Wie blaß du bist«, flüsterte er. »Oder vielleicht macht es die Beleuchtung.«

Der Segelmacher flüsterte immer, ein heiseres, pfeifendes Flüstern. Nach einem Fall vom Mast war sein Rücken ganz schief. Alles hing an ihm herunter. Die Arme hingen schwer und unnatürlich lang von den Schultern herab, der Bart hing grau und verfilzt über seine welken Lippen. Die Kleider hingen an ihm – und nun hingen auch die Hosenträger von seinem Hosenbund herab und schleiften klirrend über den Boden. Wenn er ohne Strümpfe ging, schubste er sich in ein paar ausgetretenen Pantoffeln vorwärts. All dies Hängende, Abgetragene und Schleppende gab seinem ganzen Wesen im Verein mit der heiseren Stimme etwas Verstecktes.

Der Segelmacher öffnete die Tür des Schlafzimmers, und die beiden Männer begaben sich in die Werkstatt. Hier zündete der Segelmacher eine Öllampe aus Blech an, die von einem eisernen Nagel an der Decke herabhing.

Die Werkstatt war ein sehr großer Raum. Das Licht der Öllampe drang nicht bis zu den Wänden, und es war daher unmöglich, all das Gerümpel zu überblicken, das hier herumlag. Der Boden war mit ganzen Haufen von Segeln, Takelwerk, Stricken und anderen Schiffsbestandteilen bedeckt. In der Tiefe des Zimmers hing ein zerrissenes Segel von der Decke herab, und seine Falten, die sich in der schwachen Beleuchtung undeutlich abzeichneten, verliehen diesem Teil des Raumes ein geheimnisvolles Aussehen.

Hier war seit hundert Jahren die Segelmacherwerkstatt, und diese hundert Jahre hatten den Raum mit einer Unzahl von Geräten und Nutzgegenständen erfüllt; alles, was zum Schiffsgebrauch gehörte, war hier zu finden. In diesem Raum hatte sich auch ein unausrottbarer See- und Schiffsgeruch eingenistet, ein teeriger, scharfer, wilder Geruch, der die jungen sehnsüchtigen Knaben, die hereinkamen, unwillkürlich berückte. Wenn der Segelmacher an Regentagen seine Werkstatt den Kindern der Nachbarn öffnete, wurde dieser Raum ein Märchengarten, hier hatten die Spiele eine geheimnisvoll erregende Phantastik wie nirgends sonst. Selbst am Tage war der Raum halbdunkel, die zwei kleinen Fenster, deren Scheiben mit Staubhäutchen überzogen waren, ließen keine Helligkeit durch.

Unter der Lampe stand ein Tisch, der ebenfalls mit Geräten überfüllt war. Er war wie ein Nähtisch, aber in vergrößerter Form, alles war riesenhaft, die Scheren eine halbe Elle lang, die Nadeln wie Spieße, auch der Fingerhut hatte eine andere Form, ein grober Leinenhandschuh mit einer Platte aus Eisen im Innern. Der Segelmacher schob ein paar Holzstühle an den Tisch und bot dem Lotsenältesten Platz an. Doch zuerst versicherte er sich, daß die Fenster mit Holzläden verschlossen waren, so daß niemand hereinschauen konnte.

Der Lotsenälteste setzte sich mit einer Art feierlichen Würde, man konnte ihm ansehen, daß er der Träger einer wichtigen Botschaft war.

Anfangs verhielt er sich schweigend, er saß hochaufgerichtet da, von der Last seiner Sendung beklommen. Er war blaß – wenn man in diesem wettergebräunten kupferfarbenen Gesicht von Blässe sprechen konnte. Es war eher eine Art grün, das sich am deutlichsten um die Augen lagerte. Der Blick war aufwärts auf einen Punkt der Zimmerdecke gerichtet, den er vielleicht festhalten wollte, um den Kurs nicht zu verlieren. Der Segelmacher beugte sich über den Tisch zu ihm vor und spürte nun deutlich den Branntweingeruch.

»Du hast getrunken, Lotsenältester«, flüsterte er freundlich – denn er war froh, Nachsicht üben zu können.

»Das habe ich,« erwiderte der Lotsenälteste, noch immer zur Höhe blickend,»das habe ich ...«, er sagte es wie ein Geständnis.

»Aber du weißt, Segelmacher, daß das nicht meine Gewohnheit ist. Aber die Dinge, die ich heute abend erlebt habe, haben mich so nachdenklich gestimmt, daß ich mir eine kleine Herzstärkung leisten mußte. Daraus darfst du mir keinen Vorwurf machen, Segelmacher.«

Der Segelmacher schien darüber ganz erschrocken. Er hob beschwörend die Hand.

»Nein, nein, nein«, rief er.»So war es nicht gemeint.«

Plötzlich bekam er Angst, daß er mit seiner heiseren Stimme zu laut geschrien hatte. Er schielte über die Schulter zurück, und mit einschmeichelnder Freundlichkeit fuhr er im Flüsterton fort:

»Ich nehme ja selbst ein kleines Schnäpschen ...«

Er erhob sich und schleppte sich vorsichtig zur Tür hin, wo er mit dem Ohr am Schlüsselloch lauschte.

» ... wenn ich spüre, daß ich –«

So geräuschlos es in den ausgetretenen Pantoffeln möglich war, schlich er sich in die dunkelste Ecke der Werkstatt, wo das Segel von der Decke herabhing. Während er an dem Lotsenältesten vorbeipassierte, brachte er seinen Satz zu Ende:

» ... daß ich die Trostlosigkeit dieses Lebens nicht mehr aushalten kann.«

Der Lotsenälteste merkte, daß der andere nach Branntwein suchte. Das Schlurfen der Pantoffel und das geheimnisvoll versteckte Wesen des Segelmachers und sein Verschwinden zwischen den Falten des dunklen Segels – all dies rief in dem umnebelten Hirn des Lotsenältesten die Vorstellung eines seltsamen mystischen Vorgangs hervor: es war eine große Reise, die sein Freund da unternahm, eine Reise zu fremden Himmelsstrichen. Im nächsten Augenblick kam der Freund aus den Falten des Segels mit der Flasche in der Hand zum Vorschein.

XIII. »ANDREAS IST GEKOMMEN!«

Nach den ersten Gläsern wurde der Lotsenälteste mitteilsamer. Aber er sprach anfangs so rätselhaft und unverständlich, daß der Segelmacher ihn ernstlich für betrunken hielt. Und da der Segelmacher meinte, daß er hinter dem andern nicht zurückzustehen brauchte, fing ein eifriges Nippen an den Gläsern an.

»Das war schön von dir, daß du aufgestanden bist«, sagte der Lotsenälteste. »Das werde ich dir nie vergessen, prost! Ich mochte nicht länger allein daheim bleiben. Ich mußte mit jemandem reden. Du weißt, ich bin sonst so gerne in meinem kleinen Heim. Ich kann es mir so recht gemütlich machen mit meiner Pfeife – und mit einem ganz winzig kleinen Gläschen.«

Er maß die Größe des Glases zwischen zwei Fingern, und dieses Maß schien unwahrscheinlich klein für den schwer angeheiterten Mann.

»Mir fehlt es nie an Gesellschaft,« fuhr er fort, »meistens habe ich an mir selbst genug. Ich habe an soviel zurückzudenken, an all meine Erlebnisse in der Jugendzeit. Ich habe ein schönes Stück Welt gesehen.«

»Das hast du«, sagte der Segelmacher, der die Natur hatte, es mit allen zu halten. Er merkte, daß der Lotsenälteste aus einem bestimmten Grunde gekommen war und sich jetzt nicht entschließen konnte anzufangen – wie es die Art der Menschen hier war.

Der Lotsenälteste stieß mit ihm an und trank, dann blieb er eine Weile sitzen und betrachtete das leere Glas in seiner Hand. Endlich sagte er:

»Aber das Allermerkwürdigste habe ich doch heute abend in meiner Stube erlebt.«

»Etwas Unangenehmes?« fragte der Segelmacher mit so schneidend falschem Mitgefühl, daß es sich anhörte, als wollte er eigentlich sagen: es wird sich doch nicht so verflucht glücklich fügen, daß ihm ein Malheur zugestoßen ist?

Der Lotsenälteste hob warnend die Hand:

»Noch habe ich nichts gesagt. Merke wohl! Noch kann niemand von mir behaupten, daß ich mein Wort gebrochen habe. Aber die Last wird mir vielleicht doch zu schwer. Ich hätte ihm nicht versprechen sollen zu schweigen. Aber anfangs habe ich nicht darüber nachgedacht. Ich war zu überwältigt von diesem merkwürdigen Ereignis, von diesem Besuch. Aber wie ich nur wieder allein war, begann es mir aufzudämmern, wie schwer es für einen Menschen ist, ein solches Geheimnis für sich zu behalten. Da war auch vieles, das ich nicht verstand. Ich sagte zu mir selbst: Darüber kannst du nachdenken, wenn du im Bett liegst. Begib dich nun zur Ruhe! Aber ich hatte eine Art Fieber im Blut. Es war mir unmöglich, zur Ruhe zu gehen. Und das Schlimmste war, daß mir das Alleinsein unbehaglich zu werden anfing. Das ist doch zum Lachen – haha! Das ist mir nicht vorgekommen, seit ich ein kleines Kind war und erschreckt wurde. Ich bin eigentlich nie darauf gekommen, womit ich erschreckt worden bin, aber heute abend erinnerte ich mich so deutlich daran. Dieselbe Angst kam wieder über mich alten Mann. Aber auch heute abend konnte ich nicht verstehen, woher das Unheimliche kam.«

»Es wird die Unruhe von der See sein«, sagte der Segelmacher. »Manchmal kann auch über mich so etwas kommen.«

»Nein, das ist nicht die Unruhe von der See. So etwas spüre ich immer ganz anders. Wie oft habe ich in Unwetternächten am Fenster gestanden und auf Trauerkunde vom Meer gewartet, aber das war immer ein ganz anderes Gefühl. Heute abend hatte ich auch die Vorahnung eines Unglücks, aber eines Unglücks, das näher war. Das gewissermaßen in meiner eigenen Stube daheim war. Vielleicht hat es etwas mit der Luft zu tun gehabt. Es ist eine wunderlich drückende Luft heute abend, findest du nicht, Segelmacher, die Sterne verschwinden einer nach dem andern, und der Himmel im Osten ist schon ganz schwarz. Und außerdem ist ein so wunderbarer Geruch in der Luft, jedenfalls spürte ich es so in meiner Stube, ein Geruch wie von fauligem Kielwasser. Sieh doch nach, wie das Wetter ist, Segelmacher.«

»Ja, ja«, flüsterte der Segelmacher, ganz verwirrt von den ungewöhnlichen Worten des Lotsenältesten, und schleppte sich zwischen Segeln und Tauenden zum Fenster, um einen Spalt zu öffnen. Sein Räuspern und seine schleichenden Schritte machten den Eindruck, als wäre er auf dem Wege, sich auf seinem eigenen Dachboden zu erhängen.

»Es trübt sich,« meldete er heiser vom Fenster her, »wir bekommen morgen früh Unwetter, aber noch ist es still.«

Der Segelmacher kehrte auf seinen Platz zurück. Der Lotsenälteste hatte ihn sehr neugierig gemacht. Aber seine Neugierde hatte auch einen Anstrich von Schadenfreude, teils, weil der Lotsenälteste zuviel getrunken hatte, und teils, weil er so wirr herumredete – der Lotsenälteste, der sonst einen so überlegenen Ton anschlug, er war ja die höchste Instanz an diesem Orte. Auch jetzt vergaß der Lotsenälteste nicht die Würde zu wahren, die seinem Alter und seiner Weisheit anstand. Schon die Haltung der beiden Männer brachte dies zum Ausdruck: der Lotsenälteste saß hochaufgerichtet, gleichsam auf einem höheren Sitz, während der Segelmacher mit krummem Rücken über den Tisch vorgebeugt dahockte.

»Ja, bald bekommen wir ein Unwetter,« sagte der Lotsenälteste abschließend, »solch ein Unwetter, wie es in den Tropen häufig ist, aber wie es auch manchmal hier oben in unseren Breitengraden vorkommen kann.«

Er wischte sich die schweißfeuchte Stirn mit dem Taschentuch.

»Das legt sich wie eine furchtbare Last auf das Gemüt,« fuhr er fort, »verflucht, daß das gerade heute nacht kommen mußte.«

In die Augen des Lotsenältesten war plötzlich ein hilfloser, verwirrter Ausdruck gekommen, der nicht vom Trinken allein herrührte.

»Als ich drüben in meiner Stube saß,« sagte er, »mußte ich an die alten Geschichten von der See denken. Wir zwei kennen die See einigermaßen, was, Segelmacher, aber was wissen die Landkrabben von dem Leben der Meere und der Schiffe. Sie machen große Reisen, um Wüsten und Bergketten zu erforschen, sie schreiben dicke Bücher mit Berichten über fremde Völkerschaften, aber die See, die kennen sie nicht. Was wissen sie von dem Nebelleben auf der Doggerbank oder von der furchtbaren Seelenangst, die sich vor einem Tropensturm über das Meer ausbreitet? Oder von all den Signalen? Den Signalen, die auf irgendeine unergründliche Weise von Schiff zu Schiff gehen? Was wissen sie von diesen geheimnisvollen Besuchen, die die Schiffer auf dem Meere bekommen? Diesen Besuchen, von denen wir Seeleute nicht gerne sprechen, wenn wir auf festem Land sind, weil sie hier gleichsam so abenteuerlich und lügnerisch klingen, aber die draußen auf der See mit zur Ordnung der Natur gehören. Obgleich –«

Er sah sich um.

»Obgleich es hier drinnen auch wie auf der See ist. Dein Dachboden erinnert an ein Wrack, das verlassen ist. Solch ein sturmgepeitschtes Wrack mit herabhängenden Segelfetzen, wie es einem in einer Mondscheinnacht auf dem Meere begegnen kann, das liegt akkurat so still wie die Werkstatt hier. Alle Seeleute fürchten sich vor solchen Wracks und weichen ihnen im Bogen aus, um nur nicht das Verdeck mit den gebrochenen Masten sehen zu müssen. Hier drinnen leben unsere alten Geschichten wieder auf. Akkurat so war es auch heute abend bei mir. Das machte dieser verdammte Geruch von fauligem Meerwasser.«

Er sah zum Segelmacher hinüber, der nur nickte. Der Segelmacher spürte immer Freudenschauer, wenn von den mystischen Ereignissen auf dem Meer die Rede war.

»Erinnerst du dich noch«, fuhr der Lotsenälteste fort, »an den Steuermann auf der ›Elida‹, der mitten auf dem Atlantischen Ozean einen fremden Mann in der Kajüte des Kapitäns sah? Er stürzte auf das Verdeck, um den Kapitän zu holen, und als sie wieder in die Kajüte hinunterkamen, war niemand da, aber sie sahen, daß jemand einen neuen Kurs auf der Karte eingezeichnet hatte. Ja, du erinnerst dich an diese Geschichte, wie ich sehe. Der Mann kam von einem Schiff in Seenot, viele Meilen weit weg. Und noch lange nachdem er unten in der Kajüte gewesen war, hing dieser scharfe Geruch an den Kajütenwänden. Viele solche Erinnerungen kamen heute abend über mich. Höre nun —«

Er lehnte sich über den Tisch vor und legte seine Hand vertraulich auf die des Segelmachers.

»Ich hatte heute abend den Besuch eines Mannes,« sagte er, »der mir ein Geheimnis anvertraute. Aber nachdem er fort war, fühlte ich ganz deutlich, daß auch andere zu Besuch in meiner Stube weilten, aber andere, die ich nicht sehen konnte, so wie es nachts auf der See vorkommen kann. Sie kamen erst, nachdem er fort war. Und ich hatte vergessen, ihn zu fragen, wie viele tot waren und wie viele noch am Leben.«

»Um Himmels willen, wovon redest du eigentlich?« fragte der Segelmacher.

»Von den Toten. Ich kann ja nicht wissen, wie viele tot sind. Davon hat er nichts gesagt.«

»Welche Toten meinst du?«

»Die von der ›Glücksprobe‹.«

Der Segelmacher fuhr zusammen. War der Lotsenälteste übergeschnappt? Wäre es nicht am besten, die Alte zu wecken?

Der Lotsenälteste sagte leise und ernst, so ernst, daß seine Stimme zitterte:

»So sollte sich am zwanzigsten Jahrestag doch etwas begeben.«

»Aber was hat sich denn begeben, Lotsenältester?«

»Ja, was hat sich begeben? Was hat sich ereignet?«

Der Lotsenälteste sprach nun halb zu sich selbst und strich sich gedankenvoll den Bart:

»Ich habe keinen Eid geschworen«, sagte er. »Ich bin nicht meineidig. Ich habe ihm mein Versprechen gegeben. Aber er hat mir keinen Schwur abgenommen.«

Plötzlich rief er laut:

»Er ist zurückgekommen! Einer von ihnen ist zurückgekommen.«

*

Der Segelmacher sah ihn erschrocken an, aber von dem Lotsenältesten ging ein so eindringlicher Ernst aus, daß der Segelmacher unwillkürlich unter seinen Bann geriet. Der Lotsenälteste fuhr fort:

»Ich hatte heute abend den Besuch von Andreas von der ›Glücksprobe‹.«

Als der alte Segelmacher diesen Namen hörte, begann er zu zittern.

»Gestern ... das Wirtshaus«, murmelte er, aber er beendete den Satz nicht. Sein Blick sprach deutlich genug. Gestern im Wirtshaus hatte doch gerade der Lotsenälteste alle davor gewarnt, noch weiter an die alte Brigg zu denken. Er hatte den Fluch an die Wand gemalt. Und nun ... so stand es im offenen Blick des Segelmachers zu lesen ... nun hatte sich der Lotsenälteste selbst im Netz des Fluchs verstrickt.

»Von diesem Schiffe kommen wir nie los, Lotsenältester«, flüsterte der Segelmacher. »Wir können dagegen ankämpfen soviel wir wollen, wir werden nie damit fertig.«

Der Lotsenälteste stand auf. Er wankte, und der Segelmacher eilte herbei, um ihn mit seiner schiefen Schulter zu stützen.

»Das ist eine häßliche, drückende Luft hier«, sagte der Lotsenälteste. »Das Atmen fällt mir schwer.«

Um den Hals hatte er ein wollenes Tuch, das er löste. Er ging mühsam zu dem kleinen Fenster hin und riß es auf. Dann sah er hinaus. »Wie ich es mir gedacht habe. Der Himmel ist so dick wie ein Polster.«

Er suchte die Dunkelheit mit seinen scharfen Lotsenaugen zu durchdringen.

»Mir scheint, dort drüben am andern Flußufer bewegt sich etwas. Ist das nicht ein Boot drüben im Schilf?«

Der Segelmacher konnte nichts sehen.

»Ich habe bessere Augen als du,« sagte der Lotse, »vielleicht ist wer da, vielleicht auch nicht. Möglicherweise ist jemand von den anderen gekommen. Mach das Fenster zu!«

Der Segelmacher führte ihn an den Tisch zurück und bemühte sich eifrig um ihn, um ihn zu beruhigen. Dann wischte er den Holzsessel mit dem Rockärmel ab. Aber der Lotsenälteste wollte sich nicht mehr setzen.

»Wir müssen jetzt gehen«, sagte er,

»Ich auch?«

»Ja, du auch. Ich will dich mithaben. Darum bin ich hergekommen.«

»Wo sollen wir hin?«

»Ins Wirtshaus.«

»Zu der alten Hexe? So spät! Sie wird schon zugesperrt haben.«

»Macht nichts. Man wird uns schon aufmachen. Ich muß mit Andreas reden.«

»Andreas!« Dem alten Segelmacher gab es wieder einen Ruck, und er drehte langsam den Kopf über die Schulter zurück, als ob er fürchtete, ein Gespenst aus der Dunkelheit hervortreten zu sehen. Er beeilte sich, die Gläser zu füllen, und trank hastig.

»Andreas ist gekommen. Hast du nicht verstanden?« rief der Lotsenälteste unwirsch. »Ich wollte ihm ja mein Wort halten. Aber dann kam diese furchtbare Ahnung über mich, daß noch andere Gäste in der Stube sein könnten. Die ganze Luft war von Hast und Ungeduld erfüllt. Und diese Ungeduld drang mir ins Herz und setzte sich hier fest.«

Er zog den Rock über der Brust zusammen.

»Und dann kam es mir zum Bewußtsein, daß ich auch gegen die anderen Pflichten habe. Ich hörte jemanden rufen. Wir Seeleute hören oft einen solchen Ruf ohne Worte.«

»Aber wann ist er denn gekommen, dieser Andreas?«

Der Lotsenälteste lächelte ungeduldig über die Begriffsstutzigkeit des anderen.

»Du hast ihn ja selber gesehen«, sagte er. »Er kam gestern abend. Der fremde Mann in dem großen Mantel.«

Der Segelmacher riß die Augen auf. Zum erstenmal wurde es ihm klar, daß, was der Lotsenälteste da sprach, nicht einfach das leere Gerede eines Trunkenen war. Immerhin blieb der Segelmacher noch von Zweifeln erfüllt. Aber er war glücklich in seinem Zweifel. Innerhalb der Grenzen der Möglichkeit war eine große Freude aufgetaucht. Aber durfte er es wagen, an diese Freude zu glauben?

»Nein, der war es?« sagte er langsam und staunend.

»Das war Andreas. Er kam mir gleich so sonderbar vor, so bekannt. Und als er heute abend zu mir hereintrat und mir erzählte, wer er ist, erkannte ich ihn gleich. Fandest du nicht auch, daß er etwas Merkwürdiges an sich hatte, wie er dort drüben im Wirtshaus saß?«

Der Segelmacher, der die Hoffnung nie ganz aufgegeben hatte und oft grübelnd über seiner Arbeit gesessen hatte: Kommt keiner zurück ... sollen wir nie mehr etwas hören ... der Segelmacher gab zur Antwort:

»Doch, ich finde auch, daß er aussah, als brächte er eine Botschaft.«

Und nun wurde auch der Segelmacher von Unruhe gepackt, sie einigten sich darüber, durch den rückwärtigen Ausgang zu gehen, um die Frau des Segelmachers nicht zu wecken. Als sie draußen auf dem Hofe standen, hörten sie hoch oben vom Bergrücken Harmonikatöne. Sie entfernten sich und kamen näher, das war die Jugend, die an Wald und Bergen vorbei über offene Fluren heimwärts zog.

XIV. SIGNE SIEHT DEN FREMDEN

Auf dem Tisch der Wirtsstube stand eine hohe, gelbe, brennende Kerze. Das Feuer im Kamin war ausgegangen, nur eine schwache Röte in der Dunkelheit ließ ahnen, daß noch Glut unter der Asche war. Die Fensterläden waren geschlossen, auch die große Brückentür. Draußen aus der Küche hörte man ein leises Knirschen im Schornstein, ein Laut, der im Hause umging wie ein kreisendes Insekt. Draußen hatte sich ein Wind erhoben. Das Haus lag wie unbewohnt da, ganz still, ohne Schritte, ohne Stimmen – eine Stummheit, die vom Keller bis zum Boden ging, etwas Leeres, Lauschendes, das aus allen Winkeln drang und durch die hohe einsame Kerze, die kapellenstill brannte, noch vertieft wurde.

Aber plötzlich schlug die Lichtflamme zur Seite und flackerte einige Sekunden wie in Stücke gerissen, bis sie sich wieder erhob. Jemand war ins Zimmer gekommen, und durch die offene Tür war der Wind hereingeweht. Es war Signe.

Signe in demselben abgetragenen Werktagskittel mit den zu kurzen Ärmeln, ohne Überkleid, das Kopftuch auf die Schultern gesunken und das Haar wild verblasen. Signe, noch gejagter als früher am Abend, zitternd vor Erregung, ängstlich bemüht, kein Geräusch zu machen, ganz von mystischer Erwartung erfüllt – süß geheimnisvoll in sich hineinflüsternd, in dem stummen, tödlich schwermütigen Leben des Wahnsinns.

Sie ging auf die brennende Kerze zu, die sie mit offenen, leeren, blicklosen Augen betrachtete.

Eine ungeheure innere Welt von Gesichten hatte gleichsam die Wirklichkeit ausgeschlossen. Sie legte die Hände auf die Tischplatte, ein Bild ekstatischen, in sich gekehrten Gebets vor der Altarflamme. Für ihre zerrüttete Seele, die außerhalb der Grenzen des Daseins umherirrte, nahmen selbst die alltäglichsten Dinge visionäre Dimensionen an. Der Abstand von der brennenden Kerze zu der hohen, spitzbogigen Tür war für sie der Abstand vom Unglück zu den heiligen Symbolen des Altars mit dem Blute des Erlösers.

Nach einiger Zeit ging sie in die Küche hinaus und kam mit noch einigen Kerzen in den Händen zurück.

Sie zündete die eine an der anderen an und stellte sie in einer Reihe auf den Tisch. Die Wände wurden deutlicher. Die alten

Zinnkrüge bekamen Glanz, und sogar die Decke hoch oben mit den dicken, von Rauch und Alter geschwärzten Stützbalken, wurde sichtbar.

Lange betrachtete sie die flammenden Kerzen mit einer stillen träumerischen Freude, wie sie Kindern oder Narren, die ins Feuer starren, eigen ist. Aber schließlich bekam ihr Gesicht einen staunenden, gefesselten Ausdruck. Sie ließ den Blick durch den Raum schweifen, und die Lichter, die sich auf der Netzhaut ihrer Augen abgezeichnet hatten, erweiterten sich zu großen glimmenden Sonnen, farbenschimmernden Nebeln, die über die Wände wogten, pulsierend wie Quallen im Meer.

Diese hypnotische, dunkle Welt behexte sie förmlich. Sie stand jetzt mitten im Zimmer, ein kleines Menschenwesen nur in dem großen Raum, umwirbelt von dem Zauber, der von ihrem eigenen Sinn ausströmte. Plötzlich breitete sie die Arme wie zum Willkommen nach einem aus, der lange erwartet war, und rief:

»Ja —«

Sie wiederholte dieses eine Wort »Ja« mehrmals mit steigender Stärke. Sie erwiderte einen Ruf, der immer ungestümer wurde, weshalb auch ihre eigene Antwort immer eindringlicher klang: »Ja.« Sie hörte es. »Ja, ja.«

Jetzt geht in der geschlossenen Tür etwas vor, in der großen Doppeltür nach dem Fluß.

Ein Leben erwacht in den Planken, anfangs ist es nur wie das Schattenspiel der vielen brennenden Kerzen, die Reflexe der Gesichtseindrücke in den Pupillen der Schauenden. Aber bald sammeln sich die Bewegungen zu einem bestimmten Sinn. Etwas Lebendes sucht mühsam die Planken der Tür zu durchdringen. Ein seltsames, schleierartiges, wogendes Leben sickert durch die Zusammenfügungen der Planken und bildet Konturen in dem alten, mattschimmernden Firnis. Die Gestalt beginnt sich zu formen. Sie dringt in die Mitte der Tür vor, wo die beiden Türflügel zusammenschließen, ein Stück über dem Schloß bildet sich ein leuchtender Fleck, ein Gesicht mit einer außerordentlich weißen und schimmernden Stirn ...

Und so wie wenn man ein Bild über einem andern hervorruft, erscheint eine menschliche Gestalt über dem Querbalken. Anfangs kann man die Struktur der Tür noch durch die dünne Lage der menschlichen Gestalt sehen, aber bald tritt diese Gestalt ganz hervor. Und nun steht er deutlich innerhalb der geschlossenen Tür, der fremde Gast. Es ist Andreas.

In dem Maße, in dem er deutlicher wurde, ist Signe ihm nähergekommen – mit zögernden Schritten, ängstlich, daß seine Gestalt entweichen und sich wieder in dem schwachen Lichtschimmer der Tür auflösen könnte.

Nun blieb sie still stehen, indem sie die Handflächen gegeneinander preßte.

»Ich wußte, du würdest kommen«, sagte sie.

Andreas war in seinen großen Mantel gehüllt. Der hing in steifen, meergrünen, triefend nassen Falten gerade herab, seine Arme und Hände waren in diesen Falten verborgen und schienen mit dem Mantel verwoben zu sein. Er hatte keinen Hut auf dem Kopfe. Bis tief in die Stirn hing das Haar, klebrig von Feuchtigkeit. Über dem rechten Auge hatte er eine große, blutende Wunde. Ein erstarrter Blutstrom ging von der Stirn über das Ohr zum Hals hinunter. Sein Gesicht drückte keinen Schrecken aus, es zeigte nur eine unermeßliche Müdigkeit und Trauer.

»Signe,« sagte er, »ich bin schon einen ganzen Tag hier. Warum hast du mich nicht gesehen?«

»Ich habe dich nicht früher sehen können, erst jetzt. Aber ich habe gefühlt, daß du in der Nähe bist. Als ich draußen auf den Schären stand, kamst du mir vom Meer aus entgegen. Ich wußte, daß du es bist. Ich habe deine Gegenwart im Sternenlicht gespürt. Und vorher wurde mir dein Kommen verkündigt, ganz so, wie ich dich jetzt kommen sah. Den ganzen Tag habe ich mich nach dir gesehnt, so inbrünstig, als ob ich sterben sollte und mich nach der Erlösung sehnte.«

Andreas neigte den blutbesudelten Kopf.

»Es ist seltsam,« sagte er, »daß du mich jetzt sehen kannst. Vor einer Stunde ging ich unten auf der Straße an dir vorbei, und da sahst du mich nicht.«

»Warum ist dein Antlitz so blutig?« fragte Signe.

»Das ist die Axt,« antwortete er betrübt, »es mußte geschehen, so war es bestimmt, und darum konnte nichts es hindern. Sie standen im Dunkel da und warteten auf mich, als ich heute abend heim in mein Zimmer kam. Ich war so unermeßlich müde, Signe, und ich wollte mich so unbeschreiblich gerne zur Ruhe legen. Und während ich da stand und das Licht entzündete, schlugen sie mit der Axt nach mir. Hier, über der Schläfe. Ich weiß nicht mehr, ob es weh tat, ich habe keine Schmerzen mehr. Aber von dem Augenblick an, in dem es geschah, bin ich auf der Wanderschaft von hier fort. Ich entferne mich immer mehr und mehr. Du mußt mir folgen, Signe.«

»Ja, ich folge dir«, antwortete sie eifrig. »O wie böse sind sie gegen dich gewesen, Andreas!«

»Nein, nein,« sagte er vorwurfsvoll, »es ist nichts anderes geschehen, als was sich vollziehen mußte. Ich empfinde es jetzt als eine Befreiung. Hier soll niemand angeklagt werden. Sie trugen mich in das Boot hinunter, die Stufen hinab, die ich so gut kannte. Nun werde ich nie mehr die Lichter meiner Kindheit sehen. Dann ruderten sie mich an das andere Flußufer und senkten mich ins Schilf. Da liege ich nun.«

Eine Hand löste sich aus seinen regungslosen Mantelfalten und winkte nach rückwärts, diese Hand leuchtete weiß gegen die dunkle Tür.

»Jetzt kommen sie zurückgerudert«, sagte er.

Signe streckte verzweifelt die Arme nach ihm aus.

»Ich kann dich nicht mehr so deutlich sehen«, flüsterte sie. »Du entschwindest mir. Aber du bist nicht tot. Ich kann dein Herz schlagen hören.«

»Das ist nicht mein Herz,« sagte Andreas, »das sind die Ruder, die draußen im Boot an die Gabeln schlagen. Sie kommen.«

Er begann wieder in die Balken der Tür einzudringen; die schrägen Bretter, die Punkte der Nägel waren nun wie ein Gespinst durch seinen Körper zu sehen. Das letzte, was deutlich war, war seine weiße Hand, die sich durch die rostigen Beschläge des Schlosses nach Signe ausstreckte. Seine Stimme klang schon ganz ferne:

»Du mußt mir folgen, Signe.«

»Ich folge dir«, antwortete Signe beinahe unhörbar.

Sie war zum Kamin zurückgewichen, wo sie niedergeschmettert und ratlos stehenblieb. Sie schien auf etwas zu warten und lauschte stumm in das öde Haus.

Unten von der Brücke hörte man ein Boot, das anlegte. Die Ruder wurden geräuschvoll unter die Ruderbänke geworfen, und schwere Schritte trampelten über die Balken der Brücke.

Bald darauf wurde die große Tür auf ihren knirschenden Angeln zurückgeschoben. Draußen baumelte eine Laterne hin und her.

Zuerst kam Kaisa herein, sie trug die Laterne. Dann folgte Johannes. Die Tür blieb offenstehen, das Nachtdunkel erfüllte die Öffnung. Jetzt waren keine Sterne mehr zu sehen. Auch der Fluß war nicht sichtbar, nur das schwache Rauschen der langsam dahinströmenden Wasserfluten erfüllte die Stube mit einem kalten feuchten Hauch.

Die Fährleute blieben betroffen stehen und betrachteten die Kerzen auf dem Tisch. Signe sahen sie nicht gleich. Aber nun bewegte sie sich drüben am Kamin, und die alte Kaisa hob die Laterne über ihren Kopf.

»Ach, das ist Signe«, sagte sie.

Und als wünschte sie sich freundlich zu zeigen, wiederholte sie sanft:

»Bist du es, Signe?«

Signe rückte vom Kamin ab, um an den alten Leuten vorbei auf den Fluß hinaus sehen zu können. Ihr Blick streifte an allem Gegenwärtigen vorbei, um irgend etwas in der Dunkelheit dort draußen zu ergründen.

»Zum Kuckuck, was starrt sie denn an?« murmelte der Mann mißtrauisch.

Die Alte zischte ihm zu:

»Laß Signe gehen. Komm näher, Signe«, bat sie einschmeichelnd.

Signe glitt ein paar Schritte näher heran, aber blieb dann wieder stehen. Die kleine, lichte Gestalt mitten in der großen Stube sah unsäglich arm und dürftig aus.

»Bist du schon lange hier?« fragte Kaisa.

Signe schüttelte den Kopf.

Nein, sie war noch nicht lange hier.

»Und hast du es hier so schön mit den Lichtern ausgeschmückt?«

Signe nickte.

»Das ist ja wie am Weihnachtsabend«, sagte Kaisa. »Ist sonst jemand hier gewesen?«

Kopfschütteln, nein.

»Ist Ann-Mari noch nicht zurückgekommen?«

»Nein.«

Kaisa wandte sich dem Mann zu und sagte leise und beruhigend:

»Ich habe es ja gewußt.«

Johannes entzog sich ihr unwillig, mit sichtlichem Abscheu vor ihrer unnatürlich sanften Stimme.

Er setzte sich an den Tisch und beugte sich über die Tischplatte vor. Die ganze Zeit sah er Signe an. Es war, als fiele ihm erst jetzt irgend etwas Furchteinflößendes an ihr auf, von dem er den Blick nicht abwenden konnte.

»Ach ja, jetzt ist der Fremde fort«, sagte Kaisa.

»Ja, jetzt ist er fort«, flüsterte Signe. Kaisa hob die Laterne gegen sie und fragte verwundert:

»Weißt du es?«

Signe antwortete nicht, sondern starrte nur auf die geöffnete Tür und lauschte. Plötzlich fragte sie:

»Hört ihr nicht?«

»Was ist das?« fragte der Mann und sprang jäh auf. Er umklammerte mit den Händen die Tischplatte, um sich zu stützen.

»Jemand ruft drüben«, sagte Signe.

Sie stand mit halbgeschlossenen Augen da, sie war in ihrer eigenen Welt. Man konnte es ihr ansehen, daß sie die Worte der anderen nur als Fragen erfaßte, die zu ihr kamen, ohne daß sie ahnte woher.

»Man ruft«, sagte sie.

»Ich höre nichts«, rief der Mann heftig. »Was ruft man denn?«

»*Hol über*!« erwiderte Signe.

Johannes verschluckte einen Fluch.

»Ich höre nichts,« wiederholte er, »und ich habe diesen Ruf doch ein Menschenalter gehört.«

Er war sehr bleich geworden. Kaisa hob die Laterne.

»Du kennst sie ja,« sagte sie, »du weißt ja, was sie immer zusammenfaselt. Aber du brauchst etwas Starkes, ich hole Branntwein.«

Sie wollte in die Küche hinausgehen, aber Johannes hielt sie am Umhangtuch zurück.

»Bleib hier!« rief er. »Laß mich nicht allein mit *der* dort.«

Er deutete mit einer zitternden Hand auf Signe.

»Der dort«, wiederholte er. »Sieh nur, wie grau und still sie dasteht, sie ist das Gewissen.«

Im selben Augenblick hörte man draußen Stimmen und Schritte und donnernde Schläge an das Haustor.

»Der Lotsenälteste«, murmelte Kaisa verwundert. »Was will er so spät noch hier?«

XV. DIE RACHE

Jedesmal, wenn der Lotsenälteste draußen mit den Knöcheln an die Tür schlug, griff sich Johannes an die Brust, als ob das Klopfen ihm physische Schmerz zufügen würde. Er war die Beute eines Schreckens, der sich nicht mehr dämpfen ließ – und alles nährte diesen Schrecken: die Geräusche der Menschen, die kamen, die Stille, in der er nichts mehr vernahm, die Einsamkeit, die drohte, die Gegenwart von Menschen, alles.

Seine ganze Gestalt brachte auch zum Ausdruck, wie hemmungslos er sich der Angst ausgeliefert hatte: seine lauernde Haltung, die auf die Absicht zu flüchten schließen ließ, aber auch zugleich die Angst vor der Einsamkeit der Flucht verriet, und sein flehentlicher Griff um Kaisas Arm: niemand durfte ihn verlassen.

Seine Augen sprachen von jener wilden Verwirrung, die sich der Tiere und gejagter Menschenseelen bemächtigt – ein krampfhaftes Spähen nach Rettung, wo es keine Rettung mehr gibt.

Er hatte Signe das Gewissen genannt. Und ihre Gegenwart erinnerte an das Gewissen, an die Gewissensbisse, wenn sie in den Gedanken eines Menschen erwachen und die Form von etwas Lebendigem, einen unablässig Ansehendem, annehmen, das nicht zu verscheuchen ist. Sie war ohne Umriß, wie sie da in der Finsternis stand, nur grau und dunkel, ohne Barmherzigkeit in den Augen, ohne einen lebendigen Blick, nur suchend und suchend in unergründlichem Wahnsinn, die verurteilende Reue in menschlichen Zügen verkörpert.

»Ist die Tür versperrt?« fragte Johannes.

»Nein,« erwiderte Kaisa, »Ann-Mari ist ja noch nicht nach Hause gekommen.«

»Zum Teufel, so geh doch hin und sperr zu, wir sind nicht verpflichtet, so spät noch Besuch zu empfangen.«

»Du hast Angst«, sagte Kaisa. »Warum hast du Angst?«

»Ich weiß nicht, ob es Angst ist«, sagte Johannes. »Ich spüre nur in allem, was ich sehe und höre, eine furchtbare Anklage. Sieh nur Signe dort an! Sie hat kein Wort gesagt. Sie ist eine stumme Anklage, von göttlichen Mächten ausgesandt. Und dann die Lichter – die flammenden Lichter auf dem Tische des Gerichtes. Und der Lotsenälteste, der uns herausklopft! Warum klopft er? ... Die Stunde ist gekommen! klopft er ... Wir glaubten, wir würden in ein verschlossenes, friedliches Haus kommen, wo wir uns mit unserem Geheimnis einschließen könnten. Und anstatt dessen steht das Geheimnis überall da und klagt uns an ... Ich wußte, daß es so kommen würde, ich wußte es die ganze Zeit. Aber dir habe ich es zu verdanken, daß ich es vergessen konnte.«

»Entweder hast du zu viel getrunken oder zu wenig«, sagte Kaisa höhnisch.

Und sie ging auf die Tür zu, um zu öffnen.

»Warte!« rief er ihr nach. »Du gibst deine Macht über mich jetzt preis, um mich rettungslos dem Gewissen zu überantworten. Aber du bist die Schuldigste. Ich glaube, es ist richtig, was die Leute sagen, daß du mit dem Teufel im Bunde bist. Ich habe nichts anderes getan, als mich deinem Willen gefügt. Nichts anderes!«

»Johannes! Johannes!« rief der Lotsenälteste von draußen.

»Wer hat in der Dämmerung die Axt hinaufgetragen?« fragte Kaisa mit unheimlicher Sanftmut in der Stimme.

»Du hast mich dazu gebracht.«

»Ich habe das Wort nie ausgesprochen.«

»Aber du hast beständig daran gedacht. Ich habe es gefühlt, jedesmal, wenn ich deinem Blick begegnete und du mich ansahst. Die Axt ... die Axt ...«

»Macht auf!« rief der Lotse.

»Können wir Signe nicht wegbringen, bevor er hereinkommt?«

»Niemand hört auf die Närrin«, gab Kaisa zurück.

Sie ging zur Tür hin und rief durch die Planken:

»Warum kommt Ihr denn nicht herein, Lotsenältester? Was steht Ihr denn da draußen und poltert gegen eine unverschlossene Tür?«

Während der Lotsenälteste und der Segelmacher eintraten, suchte sich Johannes der Begegnung zu entziehen. Er schlich sich in der Dunkelheit die Wand entlang zum Küchenflur, von dort ging eine Treppe in die oberen Räume. Doch plötzlich blieb er auf der Schwelle stehen, von der Dunkelheit dieser Treppe zurückgestoßen. Kein Laut war zu hören, aber aus dem Stiegenhaus wehte ein kalter Hauch des Schreckens. Johannes wehrte sich mit vorgestreckten Händen gegen dieses furchtbare Grauen, dieses unheimliche Nichts, und wich zurück, indem er flüsterte:

»Alles ist anders geworden.«

Diese Worte hörte der Lotsenälteste, der jetzt in das Zimmer gekommen war. Er trat näher. »Da hast du recht, Johannes,« sagte er, »von diesem Abend an ist alles anders geworden.«

In seinem ganzen Wesen war etwas Verhohlenes und gleichzeitig Wissendes, das selbst die alte Kaisa stutzen ließ. Sie zog sich zu dem Mann zurück, um in seiner Nähe zu sein, wenn ihm irgend etwas in den Sinn kommen sollte. Johannes schien ganz in Verwirrung aufgelöst. Mit gesenktem Kopf stand er da und blinzelte den Lotsenältesten an. Alles an ihm war aschfahl, sein Blick, sein Gesicht, seine Kleider, er betrachtete den Lotsenältesten, als erwartete er einen blutigen Angriff.

»Auch du,« murmelte er, »auch du bist anders geworden.«

Die Haltung des Lotsenältesten hatte in ihrer Mächtigkeit etwas Drohendes. Jetzt wo er vor dem entscheidenden Wort stand, fühlte er sich durch seine Trunkenheit und die Ungewöhnlichkeit seiner Aufgabe etwas befangen.

Vielleicht hatte er auch das Gefühl, daß der geheimnisvolle Besuch, von dem er erzählen sollte, immer weniger und weniger Zusammenhang mit der Wirklichkeit zu haben schien. Was war Wahrheit an diesem traumhaften Erlebnis mit einem Menschen, der viele Jahre hindurch für tot gegolten hatte – ein Erlebnis, verwoben mit Visionen von Leichengeruch vom Meere und den Stimmen Ertrunkener, die aus den Wänden kamen. Je mehr die Mystik des Ganzen ihn gefangen nahm, desto feierlicher wurde ihm zumute. Er hatte eine Botschaft zu bringen, wie sie unter lebenden Menschen unerhört war, und es fiel ihm darum schwer, zu sprechen.

Aber der ganze Auftritt hier im Wirtshaus war eine menschliche Begegnung, bei der jeder der Beteiligten so erfüllt von den düsteren Schickungen des Lebens war, daß es ebensogut ein Stelldichein von Schicksalen sein konnte, eine Stunde der Anklage ... da stand der mit seinem Unglück, da stand jener ... und der alte Wirtshausraum veränderte sein Aussehen, vereinigte seine dunklen Wände mit der Finsternis und der Verzweiflung der Menschen und wurde zu einem mächtigen Gerichtssaal.

»Wo ist er?« fragte der Lotsenälteste.

»Wen meint Ihr?«

»Den fremden Gast.«

Niemand gab Antwort. Dann sagte der Lotsenälteste:

»Ruft ihn.«

Noch immer lag die Stille vereisend über allen, eine Kälte, die durch die geschlossene Tür vom Fluß her einzudringen schien. Auch der Lotsenälteste wurde auf das Sonderbare dieser Stille aufmerksam. Er sah von einem zum andern. Vielleicht fühlte er die Antwort in einem Kälteschauer: hier kam das Geheimnis wortlos in die Stube, mit dem kühlen Luftzug vom Wasser des Flusses.

Der Lotsenälteste brach die Stille:

»Ich weiß, wer er ist, der fremde Gast«, sagte er. »Auch Ihr kennt ihn, Mutter Kaisa. Wir alle kennen ihn.«

Im selben Augenblick bewegte sich Signe. Bisher hatte anscheinend niemand sie bemerkt. Man war es so gewohnt, sie gleich einem Schatten kommen und gehen zu sehen. Niemand rechnete mit ihr. Auch jetzt war sie ganz für sich selbst, fern von aller Welt, ohne Verbindung mit den anderen, aber ihr Erscheinen wirkte in diesem Augenblick wie eine Erleichterung in der unerträglichen Stummheit.

Plötzlich stand sie ganz vorne an dem Tisch, von den Kerzenflammen beschienen, aber auch aus ihrem Inneren kam ein Licht, ihr Gesicht strahlte. Jetzt hörte sie wieder den Ruf von drüben.

»Was hört sie nur?« fragte der Lotsenälteste.

Signes Verzückung war so inbrünstig, es strahlte wie eine Gewißheit von ihr aus, daß sie eine Stimme hörte, die für die anderen unhörbar war.

Mutter Kaisa machte eine unwillige Bewegung:

»Laßt sie gehen. Wir kennen sie ja.«

Signe ging auf die offene Tür zu. Jetzt erreichte sie wieder der aus unermeßlicher Ferne tönende Ruf:

»Hol über ... hol über ...«

»Ja«, antwortete sie. »Ich komme.«

Sie ging zur Tür hinaus. Man hörte ihre Schritte die Treppe hinunter, und ihr lichtes Kleid verschwand in der Dunkelheit.

»Sie hat offenbar etwas gehört«, sagte der Lotsenälteste.

»So ist es ja immer am Gedenktag,« erwiderte Kaisa, »da hört sie Stimmen rings um sich. Aber dafür hört sie gar nicht, was die Lebenden zu ihr sagen.«

Der Segelmacher, der sich bis jetzt im Hintergrund gehalten hatte, schlurfte nun in seinen Pantoffeln heran.

»Ich gehe ihr doch lieber nach«, flüsterte er. »Mir scheint, sie geht den Brückenrand entlang.«

Mutter Kaisa stellte sich jetzt dicht neben Johannes. Irgend etwas in dem Gehaben des Fährmanns ließ ahnen, daß er einen verzweifelten Vorsatz im Sinne hatte. Auch der Lotsenälteste war von dem Aussehen seines alten Freundes betroffen. Es war, als raste Johannes im Fieberwahn, er murmelte unzusammenhängende Worte vor sich hin, erbitterte, aber unverständliche Verwünschungen. Endlich hörten sie ihn sagen:

»So wie Signe ist, werden auch wir anderen werden ... wir werden nach Stimmen horchen, die es nicht gibt, und Menschen sehen, die nicht da sind ...«

Kaisa sah ihn geringschätzig an.

»Jetzt seht Ihr selbst, Lotsenältester, wogegen ich anzukämpfen habe. Bin ich nicht eine glückliche Frau? Ist es nicht notwendig, mich noch im Gotteshaus mit Schmutz zu bewerfen? Soll ich nicht ins Elend hinaus gestoßen werden?«

»Warum kommt er her?« flüsterte Johannes.

»Ja, warum kommt Ihr noch so spät und fragt nach dem fremden Gast? Ihn könnt Ihr nicht mehr sprechen.«

»Warum nicht?«

»Er ist fort.«

»Fort ...« Die aufrechte Haltung des Lotsenältesten fiel langsam zusammen. Endlich lächelte er wie verlegen.

»Aber das ist ja unmöglich«, sagte er.

»Wir haben ihn selbst vor einer Stunde über den Fluß gerudert,« antwortete Kaisa, »er hat sich ein Fuhrwerk bestellt, das ihn drüben erwarten sollte, und damit ist er weitergefahren.«

Der Lotsenälteste wußte nicht recht, was er darauf erwidern sollte.

Kaisa fuhr fort:

»Solche Leute kommen und ziehen weiter, niemand weiß woher und niemand weiß wohin. Nach ihnen fragt nie jemand.«

Johannes lachte hart auf.

»Nie!« fügte er hinzu, »es ist, als wären sie tot.«

Der Lotsenälteste konnte sich nur schwer von seinem Staunen erholen. In seiner Ratlosigkeit ließ er eine gleichgültige Bemerkung fallen.

»Mir scheint, ich sah heute abend etwas, das sich im Schilf bewegte«, sagte er.

»Ja, ja, das war der Fremde, der wegfuhr«, erwiderte Kaisa.
Plötzlich brach der Lotsenälteste los:
»Ohne zu erzählen, wer er ist?«
»Er sagte einen Namen, einen fremden Namen. Ich kann mich nicht mehr daran erinnern.«
»Ich versprach, ums Morgengrauen zu ihm zu kommen,« fuhr der Lotsenälteste fort, »er hatte mir etwas zu erzählen. Es fällt mir so schwer, zu glauben, daß er abgereist sein soll. Er war heute abend bei mir. Ich saß allein in meiner Stube und dachte daran, was für ein Tag heute ist. Ich dachte an alle unsere Freunde, die vor zwanzig Jahren verschwunden sind. Und da kam er zu mir herein.«

Die letzten Worte ließen Johannes den Kopf heben. Er horchte der Stimme des Lotsenältesten mit steigender Aufmerksamkeit. In seinem aufgewühlten Gemütszustand sah er visionär. Allmählich, ganz allmählich stieg eine neue, eine furchtbare Wahrheit vor ihm auf.

Der Lotsenälteste fuhr fort:
»Und kaum hatte er nur einige Worte mit mir gesprochen, als ich ihn auch schon erkannte, hört ihr, ich erkannte ihn wieder am Haar und an den Augen, obgleich zwanzig Jahre vergangen waren, seit er fortfuhr. Er wollte mir alles von dem Schiff erzählen, aber er bat mich, bis zum Morgengrauen zu warten, denn er war so erschöpft ... so bange, viele Menschen zu treffen ... vielleicht so bange, Rechenschaft abzulegen. Es war Andreas. Der Fremde war Andreas, hört ihr es, Johannes und Kaisa, wie kann es möglich sein, daß er abgereist ist?«

Johannes packte mit der linken Hand Kaisa an der Schulter. Er stieß ein Knurren aus, einen tierischen Laut des Schmerzes und der Wut. Kaisas Gesicht wurde starr und erdfahl.

Da hörte man Lärm unten von der Brücke, Stimmen und Schritte und Ruder, die von einem Boot ausgelegt wurden. Dann ertönte ein Ruf von dort unten:
»Signe ist ins Wasser gegangen!«

Bald darauf zeigte sich der Segelmacher in der klaffenden Türöffnung.
»Der Fluß hat sie behalten«, rief er mit seiner heiseren Stimme.
»Sigvard rudert jetzt hinaus, um nach ihr zu suchen. Aber der Fluß hat sie behalten.«

Da war es, daß Johannes' Knurren in einen wilden, wahnwitzigen Schrei umschlug. Wie der Blitz zuckte ein Messer durch die Luft. Er stürzte sich auf Kaisa. Und ehe jemand es hindern konnte, lag er an der Türschwelle über ihr.

Dann erhob er sich wieder und reichte dem Lotsenältesten seine blutigen Hände.

»Führt mich von hier weg«, bat er.

XVI. ZWEI ZIEHEN DAVON

Tage später, früher Morgen. Der Weg, der vom Fährhaus in Windungen den Bergfirst hinaufführt und weiter durch den Wald landeinwärts, hatte mancherlei Leute gesehen, die man sonst in diesem weltfernen Orte nicht zu sehen pflegte, Gerichtsbeamte und Polizisten. Die Einheimischen hatten hinter ihren Fensterpflanzen viel zu beobachten und über vieles nachzugrübeln. Aber allmählich kamen weniger Fremde, und dann kamen gar keine mehr. Das Wirtshaus war geschlossen, es senkte sich wieder Ruhe auf die Gemüter wie nach einer Sturmnacht.

Aber so wie die lange krankhafte Versenkung der Menschen in bittere Erinnerungen die Sinne empfänglich für den gewaltsamen Ausbruch jener Sonntagsnacht gemacht hatte, der wie ein wildes Unwetter nach einer drückend schwülen Stille war, so bewirkte auch ihr Hang zu düsteren Grübeleien und Aberglauben, daß die tragische Begebenheit selbst gleichsam in einem Zwielicht aus Wirklichkeit und Traum gewoben vor ihrem Bewußtsein stand.

Sie hatten einen Gast aus der großen Welt gehabt, jener großen Welt mit den unermeßlichen Meeren, die soviel Rätsel und soviel Tote bergen, aber der Fremde war nur an ihnen vorübergestreift, er war nur an ihrem Bewußtsein vorbeigegangen, wie er an ihren kleinen Fensterchen vorbeiging, ein Wesen, halb lebendig, halb unwirklich – und war dann wieder in dem großen Geheimnis des Daseins untergetaucht.

Für diese Menschen stellte es sich so dar, daß er nicht wirklich tot und nicht wirklich lebendig gewesen war. Er war ihnen eher das Sinnbild eines Strafgerichts, das über ihren Häuptern hingezogen war. Eigentlich war er mit aller Gedanken eng verknüpft: die Träume vom Schicksal des verschwundenen Schiffes waren in seinem fremdartigen Aussehen verkörpert, das in fernen Märchenlanden beheimatet war. Die wallenden Falten seines Mantels mahnten an die Meerestiefen, in denen die Vermißten vielleicht den ewigen Schlummer schliefen. Sein Name Andreas und sein plötzliches Auftauchen war eine Verwirklichung ihrer tiefsten Sehnsucht nach der Heimkehr der Verschwundenen. Sein düsteres Schicksal an jenem Abend war der Urteilsspruch über das Fährhaus. Sein Tod verwob sich mit religiösen Vorstellungen von Sühne und Erlösung. So wurde er zu einer Drohung göttlicher

Mächte gegen das vermessene Grübeln der Menschen über ihr Schicksal. Die Menschen brauchen nichts von den Ratschlüssen des Ewigen zu verstehen, er hatte Kunde von dem verschwundenen Schiffe gebracht, aber niemand hatte etwas davon erfahren.

Der Gerichtsbeamte, der die Sache zu untersuchen hatte, wies auf das sonderbare Gemisch von Wirklichkeit und Unwirklichkeit hin, aus dem sie bestand. Sie gab ein Spiegelbild des inneren Lebens der Bevölkerung, das »aus Aberglauben, Träumereien, Feindseligkeit und dumpfer Schicksalsergebenheit« zusammengesetzt war. Die faktischen Dinge waren klar genug: das Geständnis des Fährmanns, die Blutspuren in der Kammer des Fremden und die blutbesudelte Axt, die hinterlassenen Koffer des Fremden. Aber seine Leiche war nicht zu finden. Das wurde in dem Rapport so erklärt, daß die Strömung den Toten aus dem Schilf losgerissen und ihn ins Meer hinausgetrieben hatte.

Selbst die Erklärung des stämmigen alten Lotsenältesten war auch nur ein Gemisch aus »reiner Wahrheit und Wahrheit, die vom Aberglauben gefärbt war«. Exakte Berichte über die Gespräche, die zwischen dem Lotsenältesten und dem Fremden an jenem Abend geführt wurden, weisen allerdings darauf hin, daß dieser Fremde der Matrose Andreas von dem verschwundenen Schiff »die Glücksprobe« gewesen ist. Aber gleichzeitig verquickt der Lotsenälteste seine Erklärung mit so vielen nicht dazugehörigen Umständen, wie den Stimmen toter Männer in den Wänden, Leichengeruch und anderen Visionen, daß das ganze Bild undeutlich wird. In den Koffern des Fremden fand man nichts, was seine Identität aufklären konnte.

An diesem hellen Morgen ging ein junges Paar über den Weg: Ann-Mari und Sigvard. Es war nun voller Frühling. Der Morgen war aus der Nachtkälte emporgetaucht wie aus einem erfrischenden Bad. Der Wald war rein und duftend und in Frühlingslicht getaucht. Über den Zweigen der Tannen hingen funkelnde Goldstickereien, und die neubelaubten Birken schwebten schleierleicht über dem grünen Waldboden.

Sigvard trug ein Ränzel auf dem Rücken. Die beiden jungen Menschen gingen in den Frühling und die Zukunft hinein. Endlich hatte sich die Jugend von dem Alten losgerissen und wanderte neuen Schicksalen zu.

Als sie den Bergkamm erreicht hatten, wendete Ann-Mari sich um, sah hinunter und sagte:

»Jetzt können wir nichts mehr vom Fährhaus sehen. Es liegt drinnen im Tal verborgen.«

Sie sagte es mit einer wundersamen Freude – das Alte, Böse war für alle Zeit der Vergessenheit geweiht. Und sie gingen träumend weiter, ihrer eigenen Zukunft entgegen.

www.ingramcontent.com/pod-product-compliance
Lightning Source LLC
Chambersburg PA
CBHW060942120626
46557CB00003B/1108